走进唐诗

素描与鉴赏

康桥 梦溪 编著

上海远东出版社

图书在版编目(CIP)数据

走进唐诗/康桥,梦溪编著.—上海:上海远东出版社,2024
(素描与鉴赏)
ISBN 978-7-5476-2004-5

Ⅰ.①走… Ⅱ.①康…②梦… Ⅲ.①唐诗-诗歌欣赏
Ⅳ.①I207.227.42

中国国家版本馆 CIP 数据核字(2024)第 072288 号

责任编辑 冯裴培
封面设计 李 廉

素描与鉴赏

走进唐诗

康桥 梦溪 编著

出 版	上海远东出版社
	(201101 上海市闵行区号景路 159 弄 C 座)
发 行	上海人民出版社发行中心
印 刷	上海锦佳印刷有限公司
开 本	890×1240 1/32
印 张	12.75
字 数	187,000
版 次	2024 年 6 月第 1 版
印 次	2024 年 6 月第 1 次印刷
	ISBN 978-7-5476-2004-5/I・389
定 价	49.80 元

前　言

中国的唐诗，璀璨夺目，内涵深刻，意存高远，凝聚着中国文化的精华。熟悉和背诵一些唐诗，可以陶冶性情，获益无穷。

本书精选了一百首脍炙人口的唐诗，用轻松、新颖的形式，详细加以解释和导读，以帮助读者更好地理解唐诗。

全书分为四个部分：

一是"唐诗和拼音"。我们对原诗进行了注音，由于对唐诗中的个别词语有不同的理解，我们择善而从，尽量按照通常的理解来注音。

二是"注释"，我们对一些比较难解的词语进行了解释。

三是"素描"，我们把唐诗改写成一篇充满诗意的散文，把解释融合在散文中，把唐诗作为一个整体来理解。

四是"鉴赏"，每一首诗好在哪里，如何欣赏，都可以从中找到答案。

另外，我们为每一首唐诗都精选了充满诗情画意的古图，一切的美丽尽在不言之中，可慢慢欣赏，进而更好地理解唐诗。

编著者

编校说明

一、本书正文中诗人的排列，大致以生年先后为序；生年无确切记载的，则按照在世年代先后为序。同一诗人的作品，一般依照《全唐诗》篇目次序排列，必要时按作品编年顺序略作调整。

二、本书中的诗加注了汉语拼音，其中在语流中容易产生变调的"一""七""八""不"等字和轻声，都标注该字本来的声调而不标变调和轻声；通假字的读音标注其所通的字音，以与文中的字义相合。

三、本书对唐诗版本流传中出现的异文，择善而从，一般不作校勘说明，必要时在注释中略作交代。

四、本书括注内的公元纪年，一般省略"年"字。

五、本书的附录有：诗人简介、唐事记、名词简释。其中诗人简介依照正文顺序编排；唐事记按照历史顺序，挑选和诗人相关或较大影响的事件记录；名词简释选择和诗相关的常见词进行简要解释。

目录

咏鹅	骆宾王	〇〇一
送杜少府之任蜀州	王 勃	〇〇四
渡汉江	宋之问	〇〇七
登幽州台歌	陈子昂	〇一〇
咏柳	贺知章	〇一三
回乡偶书	贺知章	〇一六
春江花月夜	张若虚	〇一九
登鹳雀楼	王之涣	〇二七
凉州词（黄河远上白云间）	王之涣	〇三〇
望洞庭湖赠张丞相	孟浩然	〇三四
春晓	孟浩然	〇三七
宿建德江	孟浩然	〇四〇

从军行	王昌龄	〇四三
出塞	王昌龄	〇四七
芙蓉楼送辛渐	王昌龄	〇五一
山居秋暝	王维	〇五四
使至塞上	王维	〇五七
鹿柴	王维	〇六一
竹里馆	王维	〇六四
九月九日忆山东兄弟	王维	〇六七
送元二使安西	王维	〇七〇
蜀道难	李白	〇七三
将进酒	李白	〇八三
行路难（其一）	李白	〇八九
古朗月行	李白	〇九四
静夜思	李白	〇九八
秋浦歌（其十五）	李白	一〇一
赠汪伦	李白	一〇四
闻王昌龄左迁龙标遥有此寄	李白	一〇七
梦游天姥吟留别	李白	一一一
黄鹤楼送孟浩然之广陵	李白	一一九

渡荆门送别	李　白	一二二
宣州谢朓楼饯别校书叔云	李　白	一二六
望庐山瀑布	李　白	一三〇
望天门山	李　白	一三三
早发白帝城	李　白	一三七
越中览古	李　白	一四〇
独坐敬亭山	李　白	一四三
次北固山下	王　湾	一四六
黄鹤楼	崔　颢	一四九
凉州词（葡萄美酒夜光杯）	王　翰	一五三
别董大	高　适	一五七
逢雪宿芙蓉山主人	刘长卿	一六〇
望岳	杜　甫	一六三
春望	杜　甫	一六七
蜀相	杜　甫	一七一
客至	杜　甫	一七四
春夜喜雨	杜　甫	一七八
茅屋为秋风所破歌	杜　甫	一八二
赠花卿	杜　甫	一八八

江畔独步寻花（其六）	杜　甫 /	一九一
闻官军收河南河北	杜　甫 /	一九四
绝句（迟日江山丽）	杜　甫 /	一九七
绝句（两个黄鹂鸣翠柳）	杜　甫 /	二〇〇
旅夜书怀	杜　甫 /	二〇三
咏怀古迹（其三）	杜　甫 /	二〇六
阁夜	杜　甫 /	二〇九
登高	杜　甫 /	二一三
登岳阳楼	杜　甫 /	二一六
江南逢李龟年	杜　甫 /	二一九
白雪歌送武判官归京	岑　参 /	二二三
枫桥夜泊	张　继 /	二二八
寒食	韩　翃 /	二三一
滁州西涧	韦应物 /	二三四
塞下曲	卢　纶 /	二三七
江南曲	李　益 /	二四〇
游子吟	孟　郊 /	二四三
题破山寺后禅院	常　建 /	二四六
左迁至蓝关示侄孙湘	韩　愈 /	二五〇

酬乐天扬州初逢席上见赠	刘禹锡	二五三
竹枝词二首(其一)	刘禹锡	二五六
秋词(其一)	刘禹锡	二五九
浪淘沙(其一)	刘禹锡	二六二
石头城	刘禹锡	二六五
乌衣巷	刘禹锡	二六八
望洞庭	刘禹锡	二七一
观刈麦	白居易	二七四
琵琶行并序	白居易	二八〇
赋得古原草送别	白居易	二九七
钱塘湖春行	白居易	三〇〇
悯农(其一)	李绅	三〇三
悯农(其二)	李绅	三〇六
江雪	柳宗元	三〇九
渔翁	柳宗元	三一二
闻乐天授江州司马	元稹	三一五
题李凝幽居	贾岛	三一八
寻隐者不遇	贾岛	三二一
李凭箜篌引	李贺	三二四

雁门太守行	李　贺 / 三二九
过华清宫绝句三首(其一)	杜　牧 / 三三三
江南春	杜　牧 / 三三六
赤壁	杜　牧 / 三三九
泊秦淮	杜　牧 / 三四三
山行	杜　牧 / 三四六
秋夕	杜　牧 / 三四九
清明	杜　牧 / 三五二
商山早行	温庭筠 / 三五五
乐游原	李商隐 / 三五九
夜雨寄北	李商隐 / 三六二
无题	李商隐 / 三六五

附录一：诗人简介　　　　　　　　　　/ 三六九

附录二：唐事记　　　　　　　　　　　/ 三八四

附录三：名词简释　　　　　　　　　　/ 三八八

咏 鹅

骆宾王

鹅，鹅，鹅，
曲①项②向天歌③。
白毛浮绿水，
红掌拨④清波。

注释

① 曲:弯曲。

② 项:脖子。

③ 歌:唱歌,指鹅的叫声。

④ 拨:划动。

素描

江南的春天,万物初生,草长莺飞,春江水暖。

放眼望去,一切都是碧绿碧绿的样子。

池塘边的柳树,已经垂下了细细的柳丝,随风飘拂。柳树下,一群儿童已经脱去了厚厚的冬衣,正在嬉笑打闹,爬树攀高。春日的阳光,照得他们周身暖洋洋的。

在碧绿碧绿的小池塘边,一只、两只、三只……走来了一群大白鹅。它们排成一行,伸长着脖子,争先恐后地跳进了小池塘。

"嘎……嘎……嘎……"

它们一边游,一边欢快地歌唱着。

你看,碧绿的湖水映照着它们的身影:一身洁白的羽毛白得逼人的眼睛,有几只还不停地扑棱着肥大的翅膀。水面下,红红的小掌飞快地前后拨弄,与水面上红红的头冠相映成趣。

鉴赏

这是骆宾王七岁时的诗作,描绘了一幅春江水暖鹅先知的美丽场景。

全诗一共只有十八个字,笔墨可谓简约至极,但今天读来,一股清新之气仍然跃然纸上,让人耳目一新。在看似不经意中,小诗人为我们描绘了一幅色彩鲜明的春日画卷。

这首小诗,写得细节分明,有声有色,尤其是出自一位七岁儿童之手,显得更为难得。

送杜少府之任蜀州

王 勃

城阙①辅三秦②,
风烟望五津③。
与君离别意,
同是宦游④人。
海内存知己,
天涯若比邻⑤。
无为在歧路⑥,
儿女⑦共沾巾⑧。

注释

① 城阙:指长安。

② 三秦:指关中地区。项羽灭秦后,把秦故地分封给秦王朝的三名降将,故称"三秦"。

③ 五津:指岷江上的五个渡口,即白华津、万里津、江首津、涉头津、江南津,这里代指蜀州。

④ 宦游:离乡做官或求仕。

⑤ 比邻:近邻。

⑥ 歧路:岔路口。古人送行常在大路分岔处告别。

⑦ 儿女:恋爱中的青年男女。

⑧ 沾巾:泪沾手巾,形容落泪之多。

素描

辽阔的三秦之地拱卫着长安的城垣、宫阙。视线被迷蒙的风烟遮蔽,根本就看不见蜀州。

我和朋友都是远离家乡,被派到外地做官。挥手作别，互道珍重，彼此都是客中作别，又何必感伤！

知己之间，不管身在何方，隔得有多远，只要心意相连，仍然就觉得彼此永远在身边。

终于到了离别的时候了，只觉得眼眶湿润，想要说些什么，却又悲伤得说不出来，不知道说什么才好。但是无论如何请你不要在临别时落泪，像小儿女一样，彼此的衣裳被泪水打湿。

鉴赏

这首诗是王勃在长安送友人去四川时所写，别具一格。古人写各种离别的情绪，大多是"黯然销魂"，而王勃这首诗却与众不同，昂扬地抒发了送别的感情。

首联第一句点出送别之地，第二句流露出一点点感伤；次联是对朋友的一种宽慰；三联一扫感伤情绪，奇峰突起，气势阔大，成为千古名句；尾联再进一步劝慰杜少府：不要像小儿女一样在分别时落泪。

渡汉江①

宋之问

岭外②音书③断，
经冬复④历春，
近乡情更怯⑤，
不敢问来人⑥。

注释

① 汉江：汉水。
② 岭外：指岭南。唐代常作贬罚之地。
③ 书：信。
④ 复：又。
⑤ 怯：畏缩。
⑥ 来人：指从家乡来的人。

素描

　　自从我被朝廷贬斥，一直住在蛮荒的岭南，心中的郁闷也没有人听我倾诉，甚至与家中的联系也中断了。妻子和儿女们还好吗？老母亲还好吗？每次一想到他们，泪水就会不自觉地掉下来。很担心他们的处境，会不会因为我而受到牵连呢？

　　就这样，过了好几个春夏秋冬，捱了那么漫长的岁月，如今终于能奉恩旨从岭南北归。现在要渡汉江了，一看到汉江，就不禁想起故乡，仿佛故乡就在前面。

哦,故乡,我魂牵梦寄的故乡!为什么离你近了,反而更加害怕和惶恐?种种不祥的预感,会不会被证实,变成残酷的现实?那样,我将永远无法和家人团聚了。

想到这里,我简直抬不起腿来,越走越慢,害怕碰到熟人,害怕听到家里的消息。

鉴赏

宋之问曾经被朝廷流放到泷州(治今广东罗定东南)一带,后来奉恩旨北归,这首诗就是由贬居地北归,经过汉江时写的,感情比较真挚。

全诗写了诗人在遭受流放这种特殊情况下心理矛盾的发展。这种抒写真切可感、耐人寻味。

"近乡情更怯,不敢问来人"两句,后世广为流传。

登幽州台①歌

陈子昂

前不见古人，
后不见来者。
念天地之悠悠②，
独怆然③而涕④下！

注释

① 幽州台：即蓟(jì)北楼，是战国时燕昭王为招纳天下贤士所建，故址在今北京西南。
② 悠悠：形容时间的久远和空间的广大。
③ 怆然：悲伤的样子。
④ 涕：眼泪。

素描

为什么我的政治意见总是得不到采纳呢？不仅政治抱负不能实现，反而一再受到打击，心中真是苦闷不堪。

想想从前的那些能够礼贤下士的贤明君主，再也找不到了。现在就不用提了，才志不能施展。那将来呢？只觉得前途茫茫，后来的贤明之主恐怕我是等不到了。恨自己生不逢时啊！

于是，想出去散散心，疏解一下心中的郁闷。登台远眺，看见一片苍茫广阔的原野，不禁悲从中来。

天地是如此苍茫！那么，我是谁？理解我的人又是谁？我为什么会在这里？在这苍茫的天地之间，自己竟没有立足之地，无一知己，觉得格外孤单寂寞。虽然知道"男儿有泪不轻弹"，但是泪水还是止不住夺眶而出。

鉴赏

　　这首短诗语言苍劲奔放，感染力极强，基调慷慨悲凉，充分表现了诗人怀才不遇的情怀，以及他的自我意识和宇宙意识。

　　在艺术表现上，前两句贯穿古今，写出了时间的绵长，后两句登楼眺望，突出了空间的辽阔，描绘了诗人孤单寂寞、悲哀苦闷的情绪，两者相互映照，非常动人。在辞藻句式方面，这首诗受到了楚辞的影响，前后句法长短不齐，音节抑扬变化（见诗中标识），增强了艺术感染力。

咏 柳

贺知章

碧玉①妆②成一树高，
万条垂下绿丝绦③。
不知细叶谁裁出，
二月春风似剪刀。

注释

① 碧玉:青绿色的玉,此处指柳树上的新叶。
② 妆:装饰。
③ 绦:丝带,此处形容柳条。

素描

盼哪盼哪,好不容易盼来了春天!

万物复苏,美丽的花朵渐次盛开,树木吐着嫩绿的新芽,一切都是那么欣欣向荣,让人深深地陶醉。

特别是那一排排婀娜多姿的柳树,栽在水边。水面倒映着柳树那些刚刚冒出来的新叶子,油亮油亮的,真是招人欢喜,就好像是用碧玉装饰成的一样。在太阳的照射下,柳叶折射出玉石一般的光芒。

那从柳树上长出来的枝条,几乎垂到了地面上,好像千条万条绿色的丝带,随着春风轻轻地摇曳;又好像少女的头发,在春风里飘哇飘。

这些细细的枝条是谁的巧手剪裁出来的呢?

原来是二月里的春风,它就像一把剪刀,把这美好的春光裁剪了出来!

鉴赏

这是一首清新明快的咏物诗,用简洁爽朗、清新可爱的笔触描写了早春二月的杨柳。古人经常用杨柳比喻美人婀娜的腰肢,可是这首诗正好相反,用美人来比喻二月的杨柳。

诗人艺术构思非常巧妙,诗歌中所出的一连串形象,一环紧扣一环。而把杨柳直接描写成美人、把春风比作剪刀,都是把无生命的物比喻成有生命的人及人的动作,充分暗示了春天的生机与活力,笔法灵动。

回乡偶书

贺知章

少小离家①老大②回,
乡音无改③鬓毛衰④。
儿童相见不相识,
笑问客从何处来。

注释

① 离家：作者回乡时年逾八十六岁，距他离开家乡已有五十多年。

② 老大：年纪大。

③ 无改：没有改变。

④ 鬓毛衰：鬓发变白。鬓毛，鬓发。衰，这里指人老时鬓发疏落变白。

素描

年轻的时候，我就离开了家乡。虽然那时候年纪还很小，但是对家乡一直很怀念，怀念儿时的小伙伴，不知道他们现在过得好不好。

当我回到家乡的时候，虽然口音没有改变，但是容貌完全不一样了，双鬓已经斑白，胡子也已花白。走到村口，发现周围的一切既陌生又熟悉。

在村子中玩耍嬉戏的孩子们看见了，都不认识我，他们中自然也没有我认识的。他们走上前来，围着我，七嘴八舌地问:"老爷爷,您是谁?""您是不是来找人的呀?""您要找谁呀?"有些孩子还热心地给我带路呢。唉,是我自己离开家乡的时间太长了,难怪没有人认识我。

鉴赏

贺知章在八十六岁高龄辞去了官职,回到家乡,写下了这首诗,抒发了对人生的感悟:此身易老,世事沧桑。

第一、二句介绍背景,写出过去与现在的强烈对比。第三、四句的场景描写则非常富有戏剧性。全诗就在这里悄悄地结束,但淡淡的伤感却久久不绝。

全诗虽然抒发的是伤感之情,却借助欢乐的场面来表现;虽然描写的是诗人自己,却从儿童的角度入手,带给读者耳目一新的感受。

春江花月夜

张若虚

春江潮水连海平，
海上明月共潮生①。
滟滟②随波千万里，
何处春江无月明③。
江流宛转④绕芳甸⑤，
月照花林皆似霰⑥。
空里流霜⑦不觉飞，
汀上白沙看不见。

江天一色无纤尘，
皎皎空中孤月轮。
江畔何人初见月？
江月何年初照人？
人生代代无穷已，
江月年年望相似。
不知江月待何人，
但见长江送流水。

白云一片去悠悠，
青枫浦⑧上不胜愁。
谁家今夜扁舟子⑨？
何处相思明月楼⑩？

可怜楼上月裴回⑪,
应照离人⑫妆镜台。
玉户⑬帘中卷不去,
捣衣砧上拂还来。
此时相望不相闻,
愿逐月华⑭流照⑮君。
鸿雁长飞光不度,
鱼龙⑯潜跃水成文。

昨夜闲潭梦落花,
可怜春半不还家。
江水流春去欲尽,
江潭落月复西斜。

斜月沉沉藏海雾,
碣石㊗潇湘㊙无限路。
不知乘月几人归,
落月摇情满江树。

注释

① 生:出现,此处指月亮升起。

② 滟滟:形容波光荡漾。

③ 月明:月光。

④ 宛转:曲折。

⑤ 芳甸:芳草茂盛的原野。

⑥ 霰:白色不透明的小冰粒。

⑦ 流霜:飞霜,比喻从空中洒落的月光。

⑧ 青枫浦:即双枫浦,在湖南浏阳南。

⑨ 扁舟子:指飘荡江湖的游子。

⑩ 明月楼:明月映照下的楼阁。这里指楼上的思妇。

⑪ 裴回:同"徘徊"。

⑫ 离人:指守候在家的思妇。

⑬ 玉户:用玉装饰的门,也用作门的美称。

⑭ 月华:月光。

⑮ 流照:照射。

⑯ 鱼龙:这里指鱼。

⑰ 碣石:山名,在今河北昌黎县。

⑱ 潇湘:江名,潇水与湘江的合称,在今湖南永州,均流入洞庭湖。

素描

春天。江潮浩荡,与海齐平。明月升起,月光普照;波浪闪耀,远及万里。花草丛生的郊野边,江水曲折流淌,月色泻在花树上,好似细密的雪珠。月光将世界浸染成如梦幻般的银色,浑然一体,让人无从察觉。洲上的白沙也融合在月色里,令人难以分辨。

一轮圆月高悬在明亮的天空,江水与天空连成一色,好一派清澈无尘的景象!不知江边何人最早看见月亮,不知月亮哪年开始照耀人间?人间世代相传,岁月无尽流转,而江上的明月年年如一。不知江上明月在等谁,只见长江一直在奔流。

一片白云缓缓飘去,青枫浦上,思妇愁绪万千。今夜,哪位旅人的小船在漂流?又是谁在明月楼上默默思念?

　　月亮在楼上浮云中穿行,悲悯地不忍离去,一直照在梳妆台上。月光洒在思妇的门帘上,卷也卷不去;照在捣衣砧上,拂也拂不掉。思妇想念旅人,虽然可以望着同一轮明月,却无法相闻音声,多希望随着月光照耀到旅人那里。指望鱼雁传书,但鸿雁飞不出万里月影,鱼儿跳跃,只在水面上激起波纹。

　　昨晚,旅人在宁静的池塘里梦见落花,可惜的是春天已经过半,还不能归家。江水流动,春天将尽,池中映着的弯月渐渐西沉,沉入蒙蒙的海雾之中。碣石与潇湘,无限遥远。不知会有几人能趁着月光归家,唯有西落的月亮摇曳着离情别绪,洒满了江边的树林。

鉴赏

　　全篇二百五十二个字,把春、江、花、月、夜的景、理、情依次展开、融为一体,无一"美"字,却处处诉说世间之美。

　　全诗共三十六句,每四句为一组,起承转合,气韵生动。韵律上,每四句一换韵,韵律宛转悠扬;章法上,结构整齐之中,又错杂平仄变化;句式上,排比句、对偶句和流水对层出不穷。

全诗在思想和艺术了都超越了之前单纯模山范水的景物诗、直抒理思的哲理诗、抒儿女离情的爱情诗。诗人以月为核心营造出空灵曼妙的意境,探索人生和宇宙的哲理,格局高远。

全诗意境空明,动静结合,黑白相辅,虚实互生,诗情画意与哲理融为一体。

登鹳雀楼①

王之涣

白日依山尽,
黄河入海流。
欲穷②千里目③,
更上一层楼。

注释

① 鹳雀楼：在今山西永济县西南。
② 穷：穷尽。
③ 目：目力，视力。

素描

　　有名的鹳雀楼，是因为经常有鹳雀栖息在楼上而得名的。早就听说了鹳雀楼，今天终于得偿所愿，登上了这座楼！

　　放眼望去，天边一轮红彤彤的落日，正渐渐地在楼前一望无际、连绵起伏的群山后面西沉，在视野的尽头徐徐隐去。而流经楼前下方的是黄河，被夕阳镀上了一层金色的外衣，波涛滚滚，有如万马奔腾，咆哮着滚滚而来，又折向东去，流入大海。

　　这是一幅多么壮观的景象啊！

　　是啊，如果你想要看见更远的地方和更美丽的风景，那么就请再往上登一层楼吧。在那儿，你能看见更多的群山、更美的夕阳,说不定还能看见大海呢!

做什么事不是这样的呢?当然是站得高,看得更远了。这难道不是人生的写照吗?

鉴赏

这首诗,既是一首写景诗,又是一首哲理诗。

前两句景象非常壮阔,气势相当雄浑。第一句写鹳雀楼西边的景色,第二句写鹳雀楼东边的景色。"黄河入海流"只是诗人的推测,这样写增加了画面的广度和深度。

后两句,诗人没有继续描写景物,而把诗篇推引到更高的境界,看起来只是平铺直叙地写出了登楼这一过程,但表现了"站得高看得远"这一哲理,赋予了诗歌向上进取的精神和高瞻远瞩的胸襟。

凉州词

王之涣

黄河远上白云间,
一片孤城①万仞山。
羌笛何须怨②杨柳,
春风不度玉门关③。

注 释

① 孤城:指玉门关。
② 怨:曲调哀怨。
③ 玉门关:在今甘肃敦煌县西南,为古代连接内地与西域的要塞。

素 描

汹涌澎湃、波涛滔滔的黄河,竟然像一条丝带一样,蜿蜿蜒蜒,飞上云端。

黄河边的凉州,在高山的反衬之下,越发显得地势险要、处境孤危了。

凉州是一座漠北孤城,里面住的不是普通百姓,而是保卫边疆的战士。

突然,远处传来了一阵羌笛的声音,吹的正是《折杨柳》的曲调,原来是因为战士已经离开家人很久了,不免想念家人,于是吹起羌笛来表达思念之情。

玉门关外,只有一片荒凉,没有丝毫春天的迹象,杨柳不青，只有那无边无尽的黄土和漫天飞舞的风沙。

这里的战士，如果想要折一支杨柳寄情那也是不可能的事情，所以只能寄情笛声。战士们虽然有些不能还乡的怨情，但也意识到卫国戍边责任的重大，因而坚守在边防哨卡。

鉴赏

首句视角开阔，气象宏大。诗人在眺望黄河时，视角是从下游向上游，由近处到远处：近处黄河汹涌澎湃，波浪滔滔，可是远处黄河竟然像一条曲折的丝带飞入云端。

在首句远川高山的衬托下，次句写了塞上孤城。孤城处于崇山峻岭之中，战略地位非常重要，需要有人常年把守。

前两句描绘了山川的雄奇苍凉，诉说了边境士兵处境的孤危，第三句忽而一转，从大山大河转入幽怨轻灵的羌笛之声，进一步点明了边境士兵的离愁。第四句看似安慰边境士兵，实际依然是突出边境士兵生活环境的艰苦。

整首诗情调悲而不失其壮阔,所以才更能打动人心,尽显"唐音"之慷慨。

望洞庭湖赠张丞相

孟浩然

八月湖水平,
涵①虚混太清②。
气蒸云梦泽③,
波撼岳阳城。
欲济④无舟楫,
端居⑤耻圣明。
坐观垂钓者,
徒有羡鱼情。

注释

① 涵：包含。
② 虚、太清：天空。
③ 云梦泽：古代大湖，在洞庭湖北面。
④ 济：渡。
⑤ 端居：闲居、平常家居。

素描

八月里，秋雨绵绵不绝，淫雨霏霏，洞庭沉浸在一片朦胧的烟雨中。

洞庭湖水滔天，望上去已经和岸一样平了，澄清的湖水与天空混为了一色，分不清彼此。水气弥漫蒸腾，笼罩着云梦泽，波澜翻滚，撼动着岳阳城。

现在，我居住在这湖光山色的地方，没有作为，真是有点对不起当今圣明的时代，就好比我想要渡河，却没有可以渡过河去的船只。谁能来为我接引、推荐呢？

执政的张丞相，我十分钦佩您能主持国政，但徒叹我不能追随左右、为国效力,只能像看别人钓鱼一样,羡慕不已。

丞相,您可否引荐我这个怀才不遇的人,让我也有用武之地?

鉴赏

这是一首为获得当权人物赏识而写的干谒(yè)诗,类似于现在的自荐信。

开头两句,写八月的洞庭湖装得满满的,和湖岸几乎平接,远远望去水天一色,景色开朗雄浑,汪洋浩阔。三、四句进一步写湖的气势。下面四句,转入抒情。"欲济无舟楫"是从眼前景物生发出来的,诗人希望自己能借当权者的力量寻找出路。"端居耻圣明",是说在这个太平盛世,自己不甘心闲居无事,要做出一番事业,向当权者发出呼吁。

作为干谒诗,虽是希望获得对方的赏识,但措辞仍要不卑不亢,不露乞怜,才算好诗。这首诗委婉含蓄,艺术上自有特色。

春　晓

孟浩然

春眠①不觉晓②，
处处闻③啼鸟。
夜来风雨声，
花落知多少。

注释

① 眠:睡觉。

② 晓:拂晓,天明。

③ 闻:听到。

素描

春天到了,气候宜人,总是让人做着香甜的美梦,早晨都舍不得醒过来。

那树枝上站着正在歌唱的小鸟们,"啾(jiū)啾""啾啾",仿佛在对我说:"快起床了,快起床了!"一睁开眼,满园的春色就映入了我的眼帘。红花绿枝相映相衬,可爱的小鸟四处欢叫。

到处都能听到鸟声婉转,啁(zhōu)啾起落,远近应和,让人觉得仿佛置身于山间小道,应接不暇。院子里布满了落下的花瓣,仔细一看,花瓣上还挂着水珠,石桌石凳也是湿的,哦,原来昨夜下过雨了。那些鲜艳的春花,不知道被春雨打落了多少。

春风春雨,飘飘洒洒,但在静谧的春夜,这沙沙的声响让我犹如置身梦中;直到现在,我才确切知道昨夜是下过雨了。

鉴赏

这首小诗的风格就像行云流水一样平易自然。诗人只对清晨从梦中刚醒的那一刻进行描写。

春天,万物都已经复苏,有迷人的色彩、醉人的芬芳。然而,这些诗人都不去写,而是选取了一个侧面,从听觉的角度入手,写春的声音。诗人只是淡淡描写了婉转清脆的鸟声,纷纷洒洒的雨声,而由此联想到户外一定到处春意盎然,鲜花遍野。这样,一幅春天的美景也就跃然纸上。

这首诗语言平易浅近,自然天成,情景交融,感情真挚,充分体现了大自然的真趣。

宿建德江①

孟浩然

移舟②泊烟渚③,
日暮④客⑤愁新。
野旷⑥天低树,
江清月近人。

注释

① 建德江：指新安江流经建德（今属浙江）的一段江水。

② 移舟：移舟近岸。

③ 烟渚：指笼罩在烟雾下的江中陆地。渚，水中间的小块陆地。

④ 暮：傍晚，太阳落的时候。

⑤ 客：诗人自指。

⑥ 旷：空旷。

素描

天色已晚，我于是决定就将小船停靠在建德江中的一个烟雾朦胧的小洲边，准备在这里静静地休息一夜，消除这几天旅途的疲劳，明天好接着赶路。

我站在船头，夕阳正慢慢地落下山头，沉没在远处的天边，许多鸟儿飞回了树林，回到巢穴中去喂养自己的小宝宝。村庄里炊烟袅袅，村民们也赶着成群的牛羊下山，回家和家人一块儿吃饭。只有我一个人是孤零零的,不知不觉之中,人在旅途的孤独感油然而生。

放眼望去,苍苍茫茫,旷野无垠,远处的天空显得比近处的树木还要低。

不多会儿,太阳已经完全不见了,夜幕降临,明月升上了高高的树梢,映在澄清的江水中,与船中的我离得很近。

是啊,在这广袤而宁静的宇宙之中,也只有一轮孤月此刻和我是这样亲近!

鉴赏

这是一首游子诗。全诗突出一个"愁"字。

第一句塑造了发生愁思的情景,第二句开始写游客的感受。接下去,诗人又开始写景物,情景交融,用空旷寂寥的天地反衬自己的愁绪。读者从第四句应该体会到这里实际是正话反说,正因为孤身在外,没有一个朋友,才会赋予无生命的月影以人的情感。

从军行[①]

王昌龄

青海[②]长云暗雪山[③],
孤城遥望玉门关[④]。
黄沙百战穿金甲[⑤],
不破楼兰[⑥]终不还。

注释

① 从军行：乐府曲名，内容多写边塞情况和战士的生活。
② 青海：在今青海西宁西。
③ 雪山：祁连山的别名。
④ 玉门关：古关名，故址在今甘肃敦煌西北。
⑤ 金甲：铁制的铠甲。
⑥ 楼兰：西域古国名，在今新疆鄯善县一带，这里泛指西域地区的各部族政权。

素描

我是一名守卫西北边关的战士，在这黄沙漫漫的边陲，日夜防范吐蕃与突厥的侵袭。

放眼望去，到处是开阔和迷蒙的景色：青海湖上空，弥漫着长云；青海湖北，雪山若隐若现，横亘千里，绵延不绝，那就是祁连山脉；雪山外，就是一座孤城，它孤独地矗立在河西走廊的一片荒漠之中；站在这里西望，就是春风吹不到的玉门关。

如今,我已经白发苍苍,戍边在这里几十年!时间是那么漫长,战事是那么频繁,战斗是那么艰苦,敌军是那么强悍,环境是那么苍凉……

我的这一身铠甲,已经跟随我多年了。如今,它也早就身经百战,都快被我穿破了!但是,即使穿破了这身铁甲,我为国戍边的决心还是不会改变。

总有一天,我们会彻底打败敌军。不到那个时候,我们就决不还朝。

鉴赏

这是一首边塞诗,刻画了边疆士兵为国戍边的豪迈而深挚的感情。

一、二句,是集中几千里边关场景的漫长画卷。"长云""雪山""孤城"等景色,典型地刻画出西部边陲的壮美,同时也反映出环境的艰苦和悲凉,以及将士们为国戍边的坚强意志。这里,"孤城遥望玉门关",实际上是倒文,原意是:孤城玉门关遥望。

紧接一、二句情景交融的描写,三、四句转为直接的抒情。"黄沙百战穿金甲"与"不破楼兰终不还",既形成一种强烈的反差,又形成一种鲜明的对比,反衬出将士们的坚定意志。事实上,这也是一种铿锵有力、掷地有声的誓言。

出 塞

王昌龄

秦时明月汉时关①,
万里长征人未还。
但使②龙城飞将③在,
不教④胡马⑤渡阴山⑥。

注释

① 秦时明月汉时关：秦与汉、明月与关，为互文。意思是说，秦汉的明月，秦汉的关。

② 但使：只要。

③ 龙城飞将：指汉朝名将李广。这里泛指英勇善战的将领。

④ 教：令，使。

⑤ 胡马：指侵扰中原的北方游牧民族骑兵。

⑥ 阴山：位于今内蒙古中部及河北北部，是古代中国的天然屏障。汉时，匈奴常据此侵扰汉边。

素描

明月当空。

我站在边关上，时光交错，恍恍惚惚。一会儿仿佛看见了秦时的先人们挥汗洒泪砌筑边关，用来防备胡人；一会儿似乎又回到了汉代，人们在关内外为了保卫国家，奋勇杀敌，抵御胡人……

自秦汉到如今,世世代代的人们为了保卫边关,出征杀敌,浴血奋战,英勇牺牲。

想想关内的片刻安宁,是多少人用他们的生命换来的呢。这怎么能叫人不珍惜、不感慨!我饱经沧桑的脸,不禁老泪纵横。我似乎看见他们的魂灵还日夜守护在这儿,让人肃然起敬。

自古到今,人们都希望有像龙城飞将军李广那样的人再来保卫边关,使北方的胡人再也不敢跃过阴山。

鉴赏

诗人一开头就把场面设在关塞边境地区。夜晚天上是孤零零的明月,地上是静悄悄的关塞。这一片土地虽然荒凉,却有无数万里从军而长期不得回家的士兵。

第一句"秦、汉、月、关"使用了"互文见义"的手法。从千年以前、万里之外着笔,形成了雄浑深沉的意境,使读者把眼前明月下的边关和秦汉一系列历史事件联系起来。这样,"万里长征人未还",就不只是当代的人们,而是自秦汉以来世世代代人们的共同悲剧。而希望边境不再有战事，也是世世代代人们的共同愿望。

这首诗在时空上独特的描写，在平凡处显示世世代代的美好愿望，达到了很高的艺术成就。首句更成为千古名句，受到历代学士的激赏。

芙蓉楼①送辛渐

王昌龄

寒雨连江夜入吴②,
平明③送客楚山④孤。
洛阳亲友如相问,
一片冰心⑤在玉壶⑥。

注释

① 芙蓉楼：故址在今江苏镇江北，下临长江。

② 吴：镇江在古代属于吴地。

③ 平明：天刚亮。

④ 楚山：泛指长江中下游北岸的山。长江中下游北岸在古代属于楚地范围。

⑤ 冰心：像冰一样晶莹、纯洁的心。

⑥ 玉壶：光明洁白的意思。

素描

迷蒙的烟雨笼罩着长江，水天相连，浩渺迷茫，似乎连老天都知道我和朋友即将分别，不免而为之愀（qiǎo）然动容。

清晨，天色刚亮，辛渐即将登船北归。我遥望江北的远山，想到他不久便将隐没在楚山之外，孤寂之感油然而生。朋友回到洛阳，就可以和亲友相聚了，而留在吴地的我，却只能像这屹立在苍茫平野的楚山一样，站在江畔空望着流水逝去。

临行之际,不由得再三叮咛朋友:如果洛阳的亲朋好友问起我怎么样,那么就请告诉他们,不论我处在怎样恶劣的环境,别人如何地诽谤我,都不能改变我的冰清玉洁,我会坚持操守,就好比那在玉壶中的冰心一样表里清澄。

船终于启程了,看着朋友渐行渐远,我的心似乎也随着他回到洛阳,整个人都像被掏空了。

真不知道何时我也能回洛阳啊!

鉴赏

这是一首送别诗。

首句是一幅吴江夜雨图:水天相连,浩渺迷茫,非常壮阔。第二句,诗人把离别的情感凝注到远方的楚山上。第三、四句写出诗人的内心。

这首诗的独特风格在于因景生情,情蕴景中,亲切舒缓。诗中那苍茫的江雨和孤峙的楚山,不仅烘托出诗人送别时深沉孤寂的感情,而且展现出了诗人开朗的胸怀和坚强的性格,可以说是情景交融。

山居秋暝①

王 维

空山新雨后,
天气晚来秋。
明月松间照,
清泉石上流。
竹喧归浣女②,
莲动下渔舟。
随意③春芳歇④,
王孙⑤自可留。

注释

① 暝:日落时分,天色将晚。
② 浣女:洗衣物的女子。
③ 随意:尽管。
④ 歇:尽。
⑤ 王孙:原指贵族子弟,此处指诗人自己。

素描

初秋的傍晚,山上的树木一片繁茂,整座山都看不见人,显得空空荡荡。刚刚下过了一场秋雨,万物都为之一新,空气清新,景色美妙。

天色已经昏暗了,却有皓月当空;群芳已经凋谢了,只有青松如盖。山泉清冽,淙淙地流淌在山间的石头上,有如一条洁白无瑕的素练,在月光下闪闪发亮,多么幽静明净的景色呀!

忽然,竹林里传来了一阵阵欢声笑语,原来是一群天真无邪的少女,她们刚刚洗完衣服,嬉笑追逐着从山上下来了。

与此同时,荷塘里亭亭玉立的荷叶纷纷向两旁分开,掀翻了无数珍珠般晶莹的水珠——原来是那小小的渔船划破了荷塘月色的宁静。

看到这么个世外桃源,我不由情不自禁地说:"随意春芳歇,王孙自可留。"与其在污浊的官场里厮混,还不如洁身自好,回归自然。

鉴赏

这首诗是刻画山水的名作,在诗情画意之中寄托了诗人高尚的情怀和对理想境界的追求。

第一、二句点出诗人周围的景色有如世外桃源。第三、四句描绘了一幅幽清明净的图画,好像是不经意间写出,却写景如画。第五、六句写竹林里传来了一阵阵的歌声笑语,而划破了荷塘宁静的,则是顺流而下的渔舟。这是一幅纯洁美好的生活图景,反映了诗人想过安静纯朴生活的理想,同时也从反面衬托出他对官场的厌恶。最后两句表示诗人的决心,觉得在"山中"比在"朝中"好,可以远离官场而洁身自好。

使至塞上①

王 维

单车②欲问边③,
属国④过居延⑤。
征蓬⑥出汉塞,
归雁入胡天。
大漠孤烟⑦直,
长河⑧落日圆。
萧关⑨逢候骑⑩,
都护⑪在燕然⑫。

注释

① 塞上：边境地区，也泛指北方长城内外。

② 单车：一辆车，表明此次出使随从不多。

③ 问边：慰问边关守军。

④ 属国：典属国的简称。汉代称负责少数民族事务的官员为典属国，诗人在这里借指自己出使边塞的使者身份。

⑤ 居延：在今甘肃张掖北。这里泛指辽远的边塞地区。

⑥ 征蓬：飘飞的蓬草，古诗中常用来比喻远行之人。

⑦ 孤烟：指烽烟。据说古代边关烽火多燃狼粪，因其烟较直且不易为风吹散。

⑧ 长河：指黄河。

⑨ 萧关：古关名，故址在今宁夏固原东南。

⑩ 候骑：负责侦察、巡逻的骑兵。

⑪ 都护：官名，汉代始置，唐代边疆设有大都护府，其长官称大都护。这里指前线统帅。

⑫ 燕然：既杭爱山，在今蒙古国境内。这里借指最前线，并非实指。

素描

西北边陲。

我被派往边塞查访军情，行单影孤，驾着一辆马车前往。

感觉自己就好像是随风而去的蓬草，飘出了汉塞，又好像振翅北飞的归雁一样，飞入了胡天。

在那浩瀚无边的沙漠中，没有山峦，没有树木，也没有什么奇观异景，非常荒凉。只有烽火台燃起的那一股浓浓的烽烟，在广袤无垠的大漠中直直地升入了云霄。而一轮落日，又在绵延曲折的黄河上留着圆圆的轮廓。这一切都显得那么雄浑苍凉。

好不容易到达了边塞，遇见了骑马的侦察兵。侦察兵告诉我：我要见的将领正在燕然前线。

鉴赏

这首诗,作于王维受到排挤,以监察御史的身份去边疆慰问前方将士的途中。

第一、二句是自问自答。第三、四句诗人又以"蓬草""雁"自比,说自己像随风的蓬草一样出临"汉塞",像北飞的"归雁"一样进入"胡天"。诗人以"飞蓬"把自己一个负有使命的大臣说成与普通的游子没什么两样,暗示了诗人内心的激愤和抑郁。第五、六句重点在于写景,描写了塞外奇特壮丽的风光,画面开阔,意境雄浑,不仅准确地描绘了沙漠的景象,而且把自己孤寂悲愤的情绪巧妙地融入其中。最后两句意思是诗人到了边塞,却没有遇到将官,首将正在前线。

《红楼梦》第四十八回香菱学诗的故事中对此诗有着精彩的论述,写出了诗中"大漠孤烟直,长河落日圆"两句的高超之处。

鹿　柴①

王　维

空山不见人，
但闻人语响。
返②景③入深林，
复照青苔上。

注释

① 鹿柴(zhài)：是王维辋川别墅的一个景点，在今陕西蓝田南辋川。
② 返：返照。
③ 景：同"影"。

素描

傍晚时分，来到鹿柴附近的空山深林里，这里看不见一个人。

没有啾啾的鸟语，没有唧唧的虫鸣，没有瑟瑟的风声，也没有潺(chán)潺的水响——四周安静极了，就是此刻地上掉一根针也都听得见，一切都显得空寂清冷。

但是，偶尔又不知道从哪里传来了有人说话的声音，仿佛很远，又好像很近，因为树木茂盛，所以不管怎样，就是始终看不到人影。

深林里十分昏暗，终年不见阳光，树下都长满了厚厚的青苔，一不小心就会滑倒。

一抹余晖射入了幽暗的深林,从茂密的树叶缝隙中透出一点儿亮,形成大大小小的光斑,斑斑驳驳的树影照映在树下的青苔上,给林间的青苔带来的一丝暖意。

但是,余晖转瞬就逝去了,接踵而来的还是那漫长的幽暗。

鉴赏

这是王维后期的一首山水诗代表作,全诗描绘的是鹿柴附近的高山深林在傍晚时分的幽静景色。

第一句"空山不见人",告诉读者山上没有人的踪迹,树林里寂静清冷。第二句"人语响"打破第一句死气沉沉的景象,用轻微的声响反衬出整个山林的空寂。第三、四句由对整个山林的环境描写转入细节的刻画,由听觉转入视觉,写深林、写阳光、写青苔,给读者强烈的视觉感受,通过反衬的手法,着力描写照射在青苔上的一抹阳光,让人有一丝暖意。

如果说,一、二句用有声反衬空寂,三、四句便用光亮反衬幽暗。整首诗构思巧妙,让人叹服。

竹里馆①

王 维

独坐幽篁②里,
弹琴复长啸③。
深林④人不知,
明月来相照⑤。

注释

① 竹里馆：是辋（wǎng）川别墅二十景之一，应当是建在竹林里的屋舍。
② 幽篁：幽深的竹林。篁，竹林。
③ 长啸：长而高的叫声。
④ 深林：这里指"幽篁"。
⑤ 相照：照射我，意思是明月来陪伴我。

素描

我独自一个人坐在一片幽静的竹林里，自己的心情也随之平静下来。在这里弹琴长啸，是多么的安闲自得，就好像神仙一样！

竹林不仅幽静而且非常茂密，没有什么人知道这里。只有天上的一轮明月伴着我，它透过枝叶的缝隙，照在我身上，照在琴上，照在山间的小道上。一切都被那月光镀成了银白色，显得清幽绝俗。

晚间的清风吹过，轻柔地抚摸着我，竹子随着微风轻轻摇曳,竹叶发出瑟瑟的响声,和着琴音,简直就是世界上最美妙的声音!

在这里弹琴真是一件快乐的事情,觉得与尘世脱离了关系,远离了尘嚣,远离了人间俗事,没有任何烦恼,陪着自己的只有皎洁的月光和有悠扬的琴声。

即使心中有再多的落寞和惆怅,都可以随着这琴声、这长啸、这清风与明月,一起吹散。

鉴赏

这首诗,表面上看起来用字造句都平平无奇,但四句诗合起来,却非常奇妙,十分有味,蕴含着一种特殊的艺术魅力,看上去妙手偶得,实际上是匠心独运。

全诗表现出一幅这样的图景:一个明月当头的夜晚,竹林里静悄悄的,诗人一个人弹琴长啸,安闲自得,以月为伴。整首诗艺术上情景交融,像一幅画;语言则相当自然,很有韵味。

九月九日①忆山东②兄弟

王　维

独在异乡为异客,
每逢佳节倍③思亲。
遥知兄弟登高④处,
遍插茱萸⑤少一人。

注释

① 九月九日：农历九月九日，因月日都是九数，故名重九。根据古代阴阳五行学说，九是阳数，故又名重阳。
② 山东：此处指华山以东。
③ 倍：指特别。
④ 登高：重阳节有登高的习俗。
⑤ 茱萸：落叶乔木，有浓烈香味。按古代习俗，每年重阳登高时，将茱萸佩在身上，可以避灾。

素描

繁华的长安，虽然很热闹，可是毕竟是举目无亲的"异乡"。

人海茫茫之中，竟然没有一个自己的亲人在身边。每次到了过节的时候，总揪（jiū）起我对亲人的无限思念。看见自己周围的人都在家中与亲人团聚，这个时候更加显得自己形单影只，好像漂浮在大海上的一叶浮萍，没有归宿。想起在家乡的许多美好的回忆，恨不得插上翅膀立刻飞回家人的身边，和他们一起过节。

今天是重阳节，人们自古有登高的风俗。登高的时候，每个人都要佩戴茱萸囊，据说这样可以避免灾害。我在远方也知道家中的兄弟们一定会去登高的，他们也会佩戴着茱萸，可到时候却会发现他们中间少了一个人——那就是漂泊在外的我。唉，只有我独自身在异乡，不能赶回去和他们团聚，多遗憾哪！

鉴赏

这首诗是诗人因重阳节思念家乡的亲人而作。

第一句一个"独"字、两个"异"字，分量很重。诗人对亲人的思念，对自己处境的悲伤，都凝聚在这个"独"字里面。两个"异"字的艺术效果，则比一般地叙述他乡作客要更加强烈，质朴地道出了一叶浮萍的漂泊感。前两句可以说是艺术创作的直接法，而后两句则是从自身的现实处境，来虚构和想象亲人过节的情形。这种写法曲折有致，出乎常情，有了更大的想象空间。

送元二使安西①

王　维

渭城②朝雨浥③轻尘，
客舍青青柳色新。
劝君更尽一杯酒，
西出阳关④无故人。

注释

① 安西：指唐代安西都护府。

② 渭城：秦时咸阳城，汉代改称渭城，在今陕西咸阳东北，位于渭水北岸。

③ 浥：湿润，沾湿。

④ 阳关：古关名，故址在今甘肃敦煌西南。自汉代以来，一直是内地出向西域的通道。

素描

朋友就要去西北边疆了。

清晨，我在渭城的城门外为他送别。

这儿刚刚下过了一场雨，不过时间很短，才把泥土打湿了就停了。天空已经放晴，空气中还弥漫着雨水的湿气和泥土的清香。这条大道上，平日车马交驰，尘土飞扬，而现在朝雨乍停，道路显得洁净、清爽。路旁的柳树经过一场春雨，洗去了灰蒙蒙的尘雾，重新显出它那青翠的本色，一旁的客舍也在柳色的衬托下，青砖绿瓦，显得十分可爱。

但是,天下没有不散的筵席。千里送行,终有一别。筵席即将结束,朋友也要出发了,心中有许多话想要对他说,但是千头万绪,此刻却不知道该从何说起才好,真想他再多停留片刻,于是举起酒杯,千言万语化成一句话:再干了这一杯吧,出了阳关,可就再也见不到老朋友了!

鉴赏

这是一首送别诗。

朋友要去西北边疆,前两句写送别的时间、地点、环境和气氛。晴朗的天空、洁净的道路、青青的客舍,翠绿的杨柳,构成了一幅色调清新明朗的图景,为送别营造了轻快而富于希望的气氛。

三、四句写了临行之际,诗人送别朋友的深切之情,表达了诗人对朋友的关切、对友情的珍惜。

蜀道难

李白

噫吁嚱①,
危乎高哉!
蜀道之难,
难于上青天!
蚕丛及鱼凫②,
开国何茫然③!
尔来④四万八千岁,
不与秦塞通人烟⑤。

西当⑥太白有鸟道，
可以横绝峨眉巅。
地崩山摧⑦壮士死，
然后天梯石栈⑧相钩连。
上有六龙回⑨日之高标⑩，
下有冲波⑪逆折⑫之回川。
黄鹤之飞尚不得过，
猿猱欲度愁攀援。
青泥何盘盘⑬，
百步九折萦岩峦。
扪参⑭历井⑮仰胁息⑯，
以手抚膺⑰坐⑱长叹。

问君西游⑲何时还？
畏途巉岩⑳不可攀。
但见悲鸟号古木，
雄飞雌从绕林间。
又闻子规啼夜月，
愁空山。
蜀道之难，
难于上青天，
使人听此凋朱颜㉑！
连峰去天不盈尺，
枯松倒挂倚绝壁。
飞湍㉒瀑流争喧豗㉓，

砯⁽²⁴⁾崖转⁽²⁵⁾石万壑雷。
其险也如此，
嗟⁽²⁶⁾尔远道之人胡为乎来哉！

剑阁峥嵘而崔嵬，
一夫当关⁽²⁷⁾，
万夫莫开。
所守或匪亲，
化为狼与豺⁽²⁸⁾。
朝避猛虎，
夕避长蛇。
磨牙吮血，
杀人如麻。

锦城㉙虽云乐,
不如早还家。
蜀道之难,
难于上青天,
侧身西望常咨嗟㉚!

注释

① 噫吁嚱：三个字都是叹词。

② 蚕丛、鱼凫：传说中古蜀王名。

③ 茫然：模糊难知的样子。

④ 尔来：从那时以来,指古蜀国开国以来。

⑤ 通人烟：相互往来。

⑥ 当：正对着。

⑦ 摧：毁坏,这里指崩塌。

⑧ 石栈：俗称"栈道",在山崖上凿石架木建成的通道。

⑨ 回：回转。

⑩ 高标：指高耸的山峰。

⑪ 冲波：激浪。

⑫ 逆折：倒流。

⑬ 盘盘：盘旋曲折的样子。

⑭ 扪：摸。参：星宿名。

⑮ 历：穿越。井：星宿名。与"参"邻近,二者分别是蜀和秦的分野(古人把地域与星宿分别对应,称为分野)。

⑯ 胁息：屏住呼吸。

⑰ 膺：胸口。

⑱ 坐：空，徒然。一说坐下来。

⑲ 西游：指入蜀。

⑳ 巉岩：高而险的山岩。

㉑ 凋朱颜：使容颜大变。凋，用作使动，使……凋谢。

㉒ 飞湍：急流。

㉓ 喧豗：形容轰响。

㉔ 砯：水冲击石壁发出的响声，这里用作动词，"冲击"的意思。

㉕ 转：使滚动。

㉖ 嗟：叹词。

㉗ 当关：把住关口。

㉘ 狼与豺：比喻叛乱为害的人。

㉙ 锦城：锦官城，成都的别称。成都曾经是主持织锦的官员的官署所在地，所以叫"锦官城"。

㉚ 咨嗟：叹息。

素描

啊！何其高峻，何其峭险！想要登上蜀道，太难了，比上青天还要难！岁月漫漫，倒退四万八千年，那时的蜀道还没有与秦地互通人烟，只有小鸟靠着翅膀，才能从太白飞到峨眉。山崩地裂，压死了迎亲的五壮士，修成栈道，与陡峭的山路相连接。

向上有高耸入云的山峰，即使驾龙的日神也要被挡回来；向下有湍急的河川，波涛汹涌澎湃，旋涡回转。翱翔高飞的黄鹤尚不能飞越，攀援敏捷的猿猴更是一筹莫展。迂回曲折的青泥岭，走一百步就有九道弯。伸手就可以碰到星辰，快快屏住呼吸，坐下来抚胸长叹：蜀道之艰难，难于上青天。

问你西游什么时候回来？可怕的路途、陡峭的山岩难以攀登。只能听见悲鸟在古树上哀鸣啼叫，雌的跟着雄的在林间环绕飞翔。又听见杜鹃在月夜里哀啼，哀愁充满了空山。蜀道难走哇，比往天上攀登还要难。听到这话，顿时容颜变得憔悴不堪。连绵的山峰离天不到一尺，枯松倒挂依贴着笔直的绝壁。急流瀑布争着喧嚣而下,冲撞山崖推转巨石似雷霆回响在千山万壑。这里这么艰难,你这个异乡人为什么要在这里呢?

剑阁高峻巍峨又崎岖,一人把守关口,千军万马也难以打开。守关的官员若不是自己的亲信,就会变成豺狼一样的叛乱者。早晨要躲避猛虎,晚上要提防长蛇,它们磨快了牙齿吸人血,它们杀害的人密密麻麻。锦官城虽说是个快乐的地方,倒不如早早地回家好。蜀道难走哇,比往天上攀登还要难,回头向西望去,禁不住一再叹息。

鉴赏

这首诗是李白的代表作之一,着力描绘了秦蜀道路上奇丽惊险的山川,并从中透露了对现实的一些忧虑与关切。

"蜀道之难,难于上青天",一开始就感情强烈,咏叹出主题,为全诗奠定了雄放的基调。随后,诗人按照由古入今、由秦入蜀的线索,抓住各处山水特点来描写,展示蜀道之难。笔法变化莫测,描绘出一幅色彩绚丽的山水画卷。

诗中意象奇特绝妙,"飞流惊湍""奇峰隐壑"都被赋予了浪漫主义情怀,全篇想象天马行空,艺术境界博大浩渺。

　　《蜀道难》是东府旧题,歌词内容多写入蜀道路的艰难。唐以前的《蜀道难》作品,简单单薄。这首诗,语言上是对乐府古题的创新,不拘格律,用了大量散文化的诗句,字数从三言直到十一言,长短不齐,形成极为奔放的语言风格。

将进酒①

李 白

君不见黄河之水天上来,
奔流到海不复回。
君不见高堂②明镜悲白发,
朝如青丝暮成雪。
人生得意③须尽欢,
莫使金樽④空对月。
天生我材必有用,
千金散尽还复来。

烹羊宰牛且为乐，
会须⑤一饮三百杯。

岑夫子，丹丘生，
将进酒，杯莫停。
与君歌一曲，
请君为我倾耳听。
钟鼓馔玉⑥不足贵，
但愿长醉不愿醒。
古来圣贤皆寂寞⑦，
惟有饮者留其名。
陈王⑧昔时宴平乐⑨，
斗酒十千⑩恣欢谑。

主人⑪何为言少钱,
径须沽取⑫对君酌。
五花马、千金裘⑬,
呼儿⑭将出⑮换美酒,
与尔同销⑯万古愁。

注释

① 将(qiāng)进酒：汉乐府旧题。将，请。进酒，饮酒。

② 高堂：高大的厅堂。

③ 得意：指有兴致。

④ 金樽：酒杯的美称。

⑤ 会须：应当。

⑥ 钟鼓馔玉：代指富贵生活。

⑦ 寂寞：指不为世所用，默默无闻。

⑧ 陈王：指曹植，曾被封为陈王。

⑨ 平乐：宫观名，故址在今河南洛阳附近。

⑩ 斗酒十千：一斗酒值十千钱，指酒美而贵。

⑪ 主人：指元丹丘。

⑫ 径须沽取：毫不犹豫地买酒。径须，直须、应当。

⑬ 裘：皮衣。

⑭ 儿：指侍僮。

⑮ 将出：牵出，拿出。

⑯ 销：排遣。

素描

你可看见,滔滔的黄河之水有如从天而降,一泻千里,向东奔腾汇入大海,一去不复回?你可看见,悬挂在高堂上的明镜,照出自己的苍苍白发——早上还黑如青丝,晚上已经变成了皑皑白雪,人生如此短促,怎么能叫人不悲伤呢?

人生得意的时候,就请尽情享乐吧,不要让酒杯空着,枉然对着明月。这样,短暂的人生才不会有遗憾。老天造就了我这样的人才,一定会有有用的一天。不要叹息,千金用光了,还会回来的。煮羊宰牛,痛痛快快地喝它三百杯,不要嫌多,酒逢知己,千杯还嫌少呢。

来来来,快喝酒,不要停下来。我给你们且歌一曲,请倾耳听来。山珍海味的豪华生活有什么珍贵,只希望醉生梦死而不愿清醒。自古以来圣贤都是寂寞的,只有善饮的人才能够留传美名。当年陈王平乐设宴,一斗美酒要价值万钱,他们开怀畅饮,纵情尽兴。主人怎么说钱少,尽管买酒来,我们相对着喝。不管五花马多名贵,无论裘皮大衣价值千金,把它们拿出来,统统换成美酒,我们不醉不休,一醉解千愁。

鉴赏

诗篇一开始就用了两组排比长句,前两句是空间上的夸张,后两句是时间上的夸张。时空的夸张反映了诗人浪漫潇洒的个性,也为后来感情的生发做了铺垫。第五、六句说天地非常广阔,而人的一生十分短暂,应该及时行乐。第七、八句则抒发诗人希望自己能够在短暂一生有所作为的理想。接着,诗的旋律加快,感情也越来越奔放。全篇饱含深广的忧愤之情,但也不仅仅是悲愤,而是在悲愤的同时,还坚持自我的信念,悲而能壮。

全诗以散行为主,节奏明快跳跃,富有变化,显得奔放而有次序。

行路难(其一)

李　白

金樽①清酒斗十千②,
玉盘珍羞③直④万钱。
停杯投箸⑤不能食,
拔剑四顾心茫然。
欲渡黄河冰塞川,
将登太行雪满山。
闲来垂钓碧溪上,
忽复乘舟梦日边。

<ruby>行<rt>xíng</rt></ruby><ruby>路<rt>lù</rt></ruby><ruby>难<rt>nán</rt></ruby>，<ruby>行<rt>xíng</rt></ruby><ruby>路<rt>lù</rt></ruby><ruby>难<rt>nán</rt></ruby>，
<ruby>多<rt>duō</rt></ruby><ruby>歧<rt>qí</rt></ruby><ruby>路<rt>lù</rt></ruby>，<ruby>今<rt>jīn</rt></ruby><ruby>安<rt>ān</rt></ruby><ruby>在<rt>zài</rt></ruby>？
<ruby>长<rt>cháng</rt></ruby><ruby>风<rt>fēng</rt></ruby><ruby>破<rt>pò</rt></ruby><ruby>浪<rt>làng</rt></ruby><ruby>会<rt>huì</rt></ruby>⑥<ruby>有<rt>yǒu</rt></ruby><ruby>时<rt>shí</rt></ruby>，
<ruby>直<rt>zhí</rt></ruby><ruby>挂<rt>guà</rt></ruby><ruby>云<rt>yún</rt></ruby><ruby>帆<rt>fān</rt></ruby>⑦<ruby>济<rt>jì</rt></ruby>⑧<ruby>沧<rt>cāng</rt></ruby><ruby>海<rt>hǎi</rt></ruby>。

注释

① 樽：盛酒的器具。
② 斗十千：一斗值十千钱（即万钱），形容酒美价贵。
③ 羞：同"馐"，美味的食物。
④ 直：同"值"，价值。
⑤ 箸：筷子。
⑥ 会：终将。
⑦ 云帆：高高的帆。
⑧ 济：渡。

素描

面对着价格昂贵的美酒和珍美的菜肴，我却放下了杯子不想喝，扔掉了筷子不想吃，拔出宝剑四下张望，心里一片空白茫然。这是为什么呢？

想要渡黄河，黄河却被冰川封住了，想要登上太行山，山上却堆满了积雪。为什么世界上的路是如此的崎岖不平,是上天对我不公平啊!

当年吕尚没有遇见文王的时候,曾经在渭水的溪边垂钓;伊尹在受聘之前,曾经梦见乘船经过日月的旁边,最后他们都得以一伸抱负。而我呢,我什么时候才能实现自己的梦想呢?在这之前,我怎么能吃得下呢?

行路难哪,行路难哪!岔路那么多,我的路今日在什么地方?但是不论怎样,我都不会放弃自己的梦想。我坚信,总有那么一天,我要乘着长风,破开巨浪,高挂云帆渡过沧海,施展自己的才华。

鉴赏

《行路难》是七言歌行,一共有三首,这是第一首。这组诗明显受到南朝诗人鲍照十八首《拟行路难》的影响。

一开始,与鲍照的"对案不能食,拔剑击柱长叹息"一样,在朋友邀请的饯行宴上,李白"停杯投箸不能食",这里连续四个动词:"停""投""拔""顾",刻画出诗人感情的激荡起伏。接着,诗人通过冰塞黄河、雪拥太行的比兴,以及碧溪垂钓、行舟日月的典故,表现出在前途茫茫之际仍然执着于自己的追求的心理,并在诗篇的结尾处写下对生活、对未来的积极信念。

古朗月行

李 白

小时不识月,
呼作白玉盘。
又疑瑶台镜①,
飞在青云端。
仙人垂两足,
桂树何团团。
白兔捣药成,
问言与谁餐?

蟾蜍蚀圆影，
大明②夜已残。
羿昔落九乌③，
天人清且安。
阴精此沦惑，
去去不足观。
忧来其如何？
凄怆摧心肝。

注释

① 瑶台镜:形容月光的皎洁可爱。
② 大明:指月亮。
③ 乌:指太阳。

素描

　　小时候的我,稚气未脱,不认识月亮,见它圆圆的,就叫它白玉盘子。可是,月光是那么皎洁明亮,于是就怀疑那是西王母的梳妆镜,飞到了云层的顶端。

　　母亲告诉我,月亮上住着仙人,还有小白兔。当月亮刚刚升上半空的时候,先看见仙人的两只脚,而后逐渐看见仙人和桂花树,再看见一轮圆月,看见月亮上有白兔在捣药。可是,药捣好了到底是给谁吃的呢？哎呀,不好,蟾蜍开始吃月亮了,月亮被它咬得残缺不全了,变得晦暗,不明亮了。

　　不过没关系,从前天上有过九个太阳,最后被后羿射得只剩下一个。从此,天、人都免除了灾难。天下总有像后羿一样的英雄。英雄,快出来吧,出来把那可恶的蟾蜍除掉吧!

月亮既然已经混沌不清了,还是早点走开为好。这样想着,我心中的忧愤不仅没有解除,反而越积越深。

鉴赏

这是一首乐府诗。

全诗通过小孩天真无邪的诉说,展开想象,神话和现实融合,抒情和描写交错,意象瑰丽而神奇,意境含蕴而深刻。

全诗虽然运用了浪漫主义的写法,却能针砭时弊,通篇作隐语,化现实为幻景,以蟾蜍蚀月影射现实,深婉曲折。诗中一个又一个新颖奇妙的想象,表达出诗人起伏不平的感情,文辞如行云流水,雄奇奔放,清新俊逸。

静夜思

李白

床①前 明 月 光，
疑 是 地 上 霜②。
举③头 望 明 月，
低 头 思 故 乡。

注释

① 床：井床，即井栏。
② 霜：因月色和霜皆为白色，故云。
③ 举：抬。

素描

我独自一人作客他乡，白天大街上热闹非凡，也不觉得孤独。可是一到了晚上，就忍不住想起了家。

一轮明亮的圆月垂在天际，月光穿过井栏前的窗子，洒在了屋子里，屋子被它照得冷清清的，在迷离恍惚之中乍一望去，地上竟像是铺了一层白白的秋霜。我怀疑自己看错了，就揉了揉眼睛，仔细一看，可不，那原来不是什么秋霜，而是一地皎洁的月光。

我不禁抬头一看，明亮的秋月高高地挂在空中。明月之下，正不知有多少人思念着家人，无法入眠。我这时也一样，起了故乡的山水、故乡的草木、故乡的亲人……想着，想着，渐渐地低下了头，完全沉浸在对往事的回忆之中。

鉴赏

这首小诗没有奇特新颖的想象,也没有精美华丽的辞藻,只是用叙述的语气,写游子思念家乡的感情。然而,它却意味深长,耐人寻味,千百年来,吸引着读者。

全诗写了一个作客他乡的游子,在夜深人静、明月如霜的夜晚,强烈地思念故土的情怀。全诗从"疑"到"举头",再到"低头",形象地揭示了诗人的内心活动,鲜明地勾勒出一幅生动形象的月夜思乡图。短短四句,明白如话,单纯而丰富,意味无穷。

秋浦歌（其十五）

李白

白发三千丈，
缘①愁似个②长。
不知明镜里，
何处得秋霜③！

注释

① 缘:因。

② 个:如此,这样。

③ 秋霜:这里喻指白发。

素描

啊,镜子中的那个人真的是我吗?不可能吧,前几天还只是夹杂着几根花白的头发,怎么才几天的工夫,头发就全白了呢。我怀疑自己的眼睛,怀疑这面镜子,揉了揉眼睛,又用袖子去擦了擦镜子,瞪大了眼睛,那个满头白发、面色憔悴的老头儿也瞪大了眼睛看着我,真的就是我自己。

天哪,怎么会变成这样呢?肯定是忧愁,大家都知道愁生白发。那像皑皑白雪的头发足有三千丈那么长了,披到了肩上,就像在镜中映出了一片白霜。

自己已年过半百,可是始终得不到重用,空有满腔抱负,一肚才学,这怎能不让人愁白满头长发呢?

鉴赏

　　这是一首抒愤诗。诗人用浪漫夸张的艺术手法,把自己积蓄已久的抑郁宣泄出来,产生了强烈感人的艺术力量。

　　首句突然就说自己的头发有"三千丈",骇人心目,让人似乎难以接受。第二句马上对首句进行解释,消除了读者的疑虑,原来这是夸张的手法,主要为了说明诗人有强烈的愁思。但这是什么样的愁思呢?第三、四句就进一步回答,原来诗人偶然照镜子,发现自己已经由一个身强力壮的青年变成一个白发苍苍的老者了,而自己年轻时的抱负、愿望都还没有实现,心里感到非常痛苦。

赠汪伦

李 白

李白乘舟将欲①行,
忽闻岸上踏歌②声。
桃花潭③水深千尺,
不及汪伦送我情。

注释

① 欲:将要。

② 踏歌:一种民间歌舞表演习俗,歌唱时以脚踏地为节拍。

③ 桃花潭:在今安徽泾县城西南。

素描

两岸是青山绿水,码头边系着一叶轻舟,再过一会儿我就要乘着这艘小船顺流而下,离开这个地方了。

真是有些舍不得呀!今天来送行的朋友那么多,大家都是如此的关心我,"多保重啊!"这句话大家说得最多了。

船开了,我站在船头,朋友们还是站在岸边,久久都舍不得离去,我不停地朝着他们挥手:"回去吧,不要送了!"

忽然,听见了岸上有人踏着节拍,边唱边为我送行。是谁呀?啊,原来是好朋友汪伦。

桃花潭水是那么的清澈深湛，一眼都望不到底，但是这还远远比不上汪伦对我的这份真挚纯洁的友情！

眼眶不觉有些湿润，连忙用衣角擦了擦，唉，我这辈子恐怕都无法回报这样的情谊了！

鉴赏

诗的前半部分是叙事，先写诗人即将离去，再写汪伦过来送行，展示了一幅离别的场面。第一句"乘舟"表示诗人的行程是"走水路"，"将欲行"点明事情发生的时间。第二句则写送别之人，却没有直写，而是侧面描写，通过诗人听到的歌声刻画送别之人的深情，其中"忽"字表示汪伦过来送行完全出乎诗人意料之外，表达出一种惊喜之情。

诗的后半部分是抒情，用桃花潭的水来比喻两人之间的送别之情。短短两句中诗人就用了多种修辞方法，除了比喻之外，还运用了夸张和对比。

闻王昌龄左迁龙标①遥有此寄

李 白

杨花②落尽子规③啼,
闻道龙标过五溪④。
我寄愁心与明月,
随君直到夜郎⑤西。

注释

① 龙标：唐代县名，在今湖南洪江西。诗句中指王昌龄。古代常用官职或任官之地的州县名来称一个人。

② 杨花：柳絮。

③ 子规：即杜鹃，又称"布谷鸟"。

④ 五溪：今湖南西部、贵州东部五条溪流的合称。

⑤ 夜郎：唐代夜郎有三处，两个在今贵州桐梓，本诗所说的"夜郎"在今湖南怀化境内。

素描

一阵微风吹过，白色的柳絮掉了一大片，在空中飞扬，飘哇，飘哇……有的飘到了小河里，在水面上打着转儿，顺着河水漂流；有的掉在了我衣服上，稍一抖动就落到了地上；有的就像皑皑的白雪覆盖在了泥土上。

这让我想起了你，你就像柳絮一样到处飘零，听说你已经走过了五溪，那里路途十分荒远，道路又非常艰难。

朋友哇,你一定受了很多的苦,真希望我能代你受过。

杜鹃鸟站在枝头上,一声声凄惨地啼哭着"布谷,布谷",它也在和我一起想念你呢。

虽然我们现在分隔两地,但是如果你抬起头,还是能和我一样看见那轮明月,我就把我对你的思念寄托给了它,希望你在千里之外也能收到。以后,每次看见月亮,你可不要忘了那里永远寄存着我的一份思念。

鉴赏

王昌龄因为生活小节不够检点而被贬官,李白听到这个消息就从远处寄了这首诗给他。

首句"杨花""子规"都是古诗中常用的两个意象,既点明了诗歌所写的时间,又寄托了诗人的情感。"杨花"给人一种漂泊无定的感觉,表示诗人对王昌龄贬官后心境的了解,而"子规"的叫声听起来像"不如归去",饱含了离别之恨和飘零之感。

次句"闻道"表示诗人突然听到好友被贬的惊愕之感。"五溪"则表明诗人对好友路途遥远、旅途艰辛的想象与理解。整句并没有直接抒发悲伤,但是悲伤的意思显而易见。

后两句抒情,表示了诗人对好友的思念之情。诗人将抽象的"愁心"予以物的属性,它会随着风和明月到夜郎西。明月也能知晓诗人的心意,将这份对朋友的关切之情交与那千里之外的王昌龄。

梦游天姥吟留别

李 白

海客①谈瀛洲,
烟涛微茫②信③难求;
越人语天姥,
云霞明灭或可睹。
天姥连天向天横④,
势拔⑤五岳掩赤城。
天台四万八千丈,
对此欲倒东南倾⑥。

我欲因⑦之梦吴越,
一夜飞度镜湖月。
湖月照我影,
送我至剡溪。
谢公宿处今尚在,
渌⑧水荡漾清⑨猿啼。
脚著谢公屐⑩,
身登青云梯⑪。
半壁见海日,
空中闻天鸡。
千岩万转路不定,
迷花倚石忽已暝⑫。

熊咆龙吟殷⑬岩泉，
栗深林兮惊⑭层巅。
云青青⑮兮欲雨，
水澹澹兮生烟。
列缺⑯霹雳，丘峦崩摧。
洞天石扉，訇然⑰中开。
青冥⑱浩荡不见底，
日月照耀金银台⑲。
霓为衣兮风为马，
云之君⑳兮纷纷而来下。
虎鼓瑟兮鸾㉑回车，
仙之人兮列如麻。

忽魂悸㉒以魄动，
恍㉓惊起而长嗟。
惟觉㉔时之枕席，
失向来㉕之烟霞。

世间行乐亦如此，
古来万事东流水。
别君去兮何时还？
且放白鹿青崖间。
须行即骑访名山。
安能摧眉㉖折腰㉗事权贵，
使我不得开心颜？

注释

① 海客:航海的人。

② 微茫:景象模糊不清。

③ 信:确实、实在。

④ 横:遮蔽。

⑤ 拔:超出。

⑥ 倾:偏斜、倒下。

⑦ 因:依据。

⑧ 渌:清澈。

⑨ 清:凄清。

⑩ 屐:以木板作底,上面有带子,形状像拖鞋。

⑪ 青云梯:指直上云霄的山路。

⑫ 暝:昏暗。

⑬ 殷:震动。

⑭ 栗、惊:均为使动用法。

⑮ 青青:黑沉沉的。

⑯ 列缺:闪电。列,同"裂"。

⑰ 訇然:形容声音很大。

⑱ 青冥：天空。

⑲ 金银台：指神仙居住的地方。

⑳ 云之君：泛指驾乘云彩的神仙。

㉑ 鸾：传说中的神鸟。

㉒ 悸：因惊惧而心跳。

㉓ 恍：猛然惊醒的样子。

㉔ 觉：醒。

㉕ 向来：原来。

㉖ 摧眉：即低眉，低头。

㉗ 折腰：弯腰。

素描

经常听海上的来客谈起仙山瀛洲，都说它被层层的云雾所环绕，在茫茫波涛中若隐若现，很难寻觅。越人说起天姥，更是奇峰异景了，在浮云彩霞中时隐时现，世人可望而不可即。

连绵天际的天姥山，磅礴的气势是五岳都无法比拟的，俊奇灵秀早就盖过了仙山赤城。高耸入云的天台山，向东南倾斜，好像要拜倒在它的脚下一样。

　　我被他们说得心驰神往，希望能梦游吴越，一睹仙境胜地。天遂人愿，一天我果然在梦中的一个皓月之夜飞过了镜湖。湖上的明月照着我的身影，投射到了湖中，飘然把我送到了剡溪。谢灵运住过的地方如今还在，清澈的溪流水波荡漾，山中的猿猴叫声极为凄凉。我穿着谢公游山时穿的木屐，攀登谢公当年曾攀过的石径。只见红日从海上冉冉升起，碧空中听到了报晓的天鸡在歌唱，嘹亮婉转。峰岩沟谷中石径盘旋，道路迂回曲折；到处都是奇花异草，花香醉人，让人身不由己，久久不愿离去，不知不觉天色已黑。岩泉发出的响声，像熊在怒吼、龙在长吟，使幽静的树林战栗，使层层山岩震惊。天黑黑的要下雨了，水波荡漾升起阵阵烟雾。电光闪闪，雷声轰鸣，使山峦崩裂，仙府的石门，轰隆一声从中间打开。洞中蔚蓝的天空广阔无际，看不到尽头，日月照耀着金银筑成的宫殿。神仙用彩虹做衣裳，把清风当作马，云中的神仙们纷纷下来。老虎弹着琴瑟，鸾鸟驾着车，仙人成群结队密密如麻。忽然魂魄惊动，我猛然惊醒，不禁长声叹息。醒来时只有身边的枕席,刚才梦中的烟雾云霞都消失了。

　　人世间的欢乐也是像梦境这样,自古以来万事都像东流的水一样一去不复返。告别了各位朋友,也不知什么时候才会回来。暂且把白鹿放在青青的山崖间,等需要时就骑上它探访名山大川。怎么能低头弯腰侍奉权贵,使我自己不能舒心快乐、脸露笑颜呢?

鉴赏

　　这是一首记梦诗,也是一首游仙诗。全诗意境雄奇,变化莫测,是李白代表作之一。诗句风格潇洒出尘,内容丰富多变,缤纷多彩,有一股浩然正气贯穿其间。

　　虽是写梦境的虚幻,却并非一味缥缈,仍然着眼在现实中。最后一句"安能摧眉折腰事权贵,使我不得开心颜?"点亮全诗主题:对名山仙境的向往,是出于对现实的抗争,唱出了无数怀才不遇之人的心声。

黄鹤楼①送孟浩然之广陵②

李 白

故人西辞黄鹤楼,
烟花③三月下扬州。
孤帆远影碧空尽,
唯见长江天际流。

> **注释**
>
> ① 黄鹤楼:故址在今湖北武昌西蛇山之黄鹤矶,现重建于武汉长江大桥桥头。
> ② 广陵:今江苏扬州。
> ③ 烟花:形容春天艳丽的景色。

素描

　　浩然兄今天就要去扬州了。我特意在黄鹤楼为他设宴洗尘,不仅因为这里是天下的名胜,更因为我和浩然兄以前经常在这里把酒言欢,留下了许多愉快的回忆。

　　现在已经是早春三月,花儿都探出了头,柳树也爆出了嫩绿的芽,一切都是那么新!从黄鹤楼到扬州,一路上烟雾迷蒙,繁花似锦,到处都是春意盎然的景象。

　　扬州风景秀美,佳人云集,浩然兄这一次前去,正赶上最好的时候。

　　我一直把好友送上了船,船已经扬帆而去了,可我还是依依不舍,一直眺望着远去的帆影,直到帆影最后消失在碧空的尽头。夕阳懒洋洋地照在江面上,把江水染成一片金色,那一江春水正浩浩荡荡地流向远方的水天交接处。

鉴赏

从黄鹤楼到扬州,一路都是繁花似锦。李白送别孟浩然是在春暖花开、阳光明媚的季节,所以虽然写离别却写得潇洒快意。

首句为全诗定下一个明朗愉快的基调,也为读者提供了想象空间。第二句在"三月"上加"烟花"二字,为送别情景增添了一种朦朦胧胧的诗意——送别时繁花似锦,烟雾迷蒙,景色迷人。

诗的后两句看起来像景,实际包含了一个充满诗意的细节:船已扬帆而去,可李白还在江边目送远去的风帆,一直看到帆影模糊,消失于蓝天尽头。意境优美,文字绮丽,被称为"千古丽句"。

渡荆门①送别

李 白

渡远荆门外，
来从②楚国③游。
山随平野尽，
江入大荒④流。
月下飞天镜，
云生结海楼⑤。
仍怜⑥故乡水⑦，
万里送行舟。

注释

① 荆门：即荆门山，在今湖北宜都西北长江南岸，与北岸虎牙山对峙，形势险要，战国时是楚国的战略门户。

② 从：往。

③ 楚国：楚地。今湖北一带。

④ 大荒：辽远无际的原野。

⑤ 海楼：海市蜃楼。这里形容江上云霞多变形成的美丽景象。

⑥ 怜：喜爱。

⑦ 故乡水：指从四川流来的长江水。李白从小生活在蜀地，故称蜀地为故乡。

素描

我坐着船从四川出发，一路上经过了万水千山。山慢慢向后退去，直至变成了一个个小黑点，消失在船后。到了荆门，两岸变得豁然开朗，眼前是一望无际的平野。

远远望去,奔腾直泻的江水在天的尽头,仿佛流入了空旷的荒原。

　　河道也变得曲折起来,江水很温和,不急不慢。晚上,江面平静的时候,俯视月亮在水中的倒影,好像天上飞来了一面明镜似的,丢一粒小石子,镜子碎了又圆;白天,躺在甲板上,仰望天空,云彩变幻无穷,一会儿像无边无际的大草原,一会儿像波涛汹涌的海洋,一会儿又形成了海市蜃楼般的奇特景观。

　　从小到大,这可是我第一次出远门。故乡的水养育了我这么多年,现在怀着深情厚谊,恋恋不舍地一路为我送行,已经将我送到了万里之外。

鉴赏

　　这首诗是李白在青年时期所作,当时诗人刚离开四川,看见路边的美景,兴致勃勃,于是写出了这首诗。

　　首联交代了诗人游览的路线,从四川出发,目的地是湖北、湖南一带。次联则描绘了长江两岸特有的景色,好像用电影镜头摄下的一组活动的画面,给人以流动感和空间感。特别是第四句的"入"字,力透纸背,蕴含了诗人开朗的心情和青春的朝气。第三联用移步换景的手法,从远近不同的角度描写风景。最后一联笔峰突然回转,虽然外面的景色雄奇优美,还是不能忘记自己的故乡。诗篇以浓重的惜别之情结尾,言有尽而意无穷。

宣州谢朓楼饯别校书叔云

李白

弃我去者昨日之日不可留,
乱我心者今日之日多烦忧。
长风万里送秋雁,
对此可以酣①高楼。
蓬莱文章建安骨②,
中间小谢③又清发④。
俱怀逸兴壮思飞,
欲上青天揽⑤明月。

抽刀断水水更流，
举杯销愁愁更愁。
人生在世不称意，
明朝散发弄扁舟⑤。

注释

① 酣:畅饮。
② 建安骨:建安风骨。
③ 小谢:即谢朓。此处是李白自比小谢。
④ 清发:清新秀发。
⑤ 揽:摘取。
⑥ 散发弄扁舟:指避世隐居。扁舟,小船。

素描

　　光阴似箭,度过了许许多多弃我而去的"昨天",又要迎接接踵而来的"今日"。日复一日,可到如今还没有实现自己的抱负,心中十分忧愁。

　　面对晴朗的天空,眺望万里长风吹送一行行大雁排着整齐的队伍,一齐在长空飞翔。真应该在高楼上喝个痛快。

　　族叔李云的文章风格刚健,既有遒劲有力的建安风骨,又有谢朓的清新秀发。让我们一起尽情释放自己的飘逸情怀、豪放思绪,甚至登上青天,把月亮揽在怀中。

然而现实总不如幻想那么顺利轻松,它给人带来的忧愁总是绵延不断:就像拔出刀来断水,水反而流得更快;举起杯来消愁,心中的忧愁更加浓重。

人活在世,不如意者十之八九,不如明天就坐上一叶扁舟离去,任由大风吹乱我的头发,何其潇洒!

鉴赏

这首诗是诗人在宣城和族叔李云设宴离别时写的。全诗自然而豪放,直起直落,大开大合,充分表现了诗人理想和现实的尖锐矛盾,以及由此产生急剧变化的感情。

尽管李白在精神上十分苦闷,但并未因此而放弃对理想的追求。所以,整道诗给人的感觉不是阴暗绝望,而是在苦闷中又有着慷慨豪迈。

望庐山瀑布

李白

日照香炉生紫烟①,
遥看瀑布挂前川。
飞流直下三千尺②,
疑是银河落九天③。

注 释

① 紫烟：由于日光照射，水气反映出紫色的烟雾。
② 三千尺：形容瀑布从非常高的地方奔流而下。
③ 九天：天之最高处。

素 描

　　庐山的香炉峰，在冉冉升起的袅袅白烟中，烟雾缭绕，朦朦胧胧，就像一座顶天立地的香炉，缥缈于青山蓝天之间。那白烟像丝带一般环绕着庐山，在红日的照耀下化成了一片紫色的云气。

　　还没有进到山里，就听见隆隆的水声，震耳欲聋，远远地看那瀑布，分明就是一条巨大的白练高挂在山川之间。

　　奔腾的流水从高峻陡峭的山顶，一刻也不停歇地咆哮着直冲而下，一直奔向瀑布下的水潭。"哗、哗……"，飞溅起来的水珠互相撞击着，欢快地歌唱着，形成了一团银白色的水气。在阳光的折射下，有一条五彩缤纷的彩虹横卧在水潭上。"啊，好凉快！"站得已经很远了，但是一阵风吹过,水珠还是会打湿脸、打湿衣服,怎么躲也来不及。

恍恍惚惚中,还真让人以为那是从极高的云天掉落下来的银河呢!

鉴赏

首句的视角是从下向上看,充分体现了"望"这个题眼,意思是红日照射下的香炉峰化成了一片紫色的云霞。这不仅把香炉峰渲染得很美,而且富有浪漫色彩。

第二句视角是从远处看庐山瀑布,也点了题目"望"这个字眼。其中"挂"字用得很妙,它化动为静,体现了诗人对大自然的感叹。

第三句则笔峰一转,着重描写瀑布动态的美。"飞"字把瀑布喷涌而出的景象描绘得极为生动。"直下"既写出山势的陡峭,又写出水流之急。

第四句是全诗的升华,想象奇特、潇洒自如、奔放空灵。整句是个比喻,虽然奇特却又合理,尽管夸张而又自然,给人留下想象的空间。

望天门山①

李白

天门中断楚江②开,
碧水东流至此回。
两岸青山相对出,
孤帆一片日边③来。

注释

① 天门山：在今安徽当涂县西南长江流经处，在江西的称西梁山，江东的称东梁山（又名博望山），两山夹江对峙，形似天门，故名。

② 楚江：安徽古属楚国，故称长江此段江水为楚江。

③ 日边：天边，即水天相接处。

素描

两岸的山，互相对峙，远远地看去就像是一道门，拦腰把长江截断，将那原本宽阔的楚江一下子束成细细的一条，楚江就在经过狭窄通道时，激起了无数旋涡，咆哮着、喧闹着要出去，波涛汹涌。而在门的另一边，浩荡东流的江水争先恐后、你推我赶地从那门缝中挤出，冲破天门山奔腾而去。可又好像是那愤怒的楚江，不停地撞击着天门山，最后才将天门撞开，使它变成了东西两山的。

我坐在船上,顺流而下,远处的天门山越行越近,仿佛在张开了双臂将我拥入了她的怀抱,两边的山上长满了郁郁葱葱的树木,好像披上了翠绿的外衣,许多鸟儿都在树上筑巢,轻巧的身影若隐若现,清脆的鸟鸣声此起彼伏,似乎也在欢迎我的到来。

我坐在这一片孤帆上,从太阳升起的地方历经万里,终于看见你的真面目了,天门山!

鉴赏

天门山地势险要,因为像一座天庭的门户而得名。

首句诗人用山来衬托水。为了表示长江之水汹涌澎湃,一泻千里,诗人先描写天门山的险峻。次句诗人用水来衬托山,长江碰到夹江对峙的天门山时激起了回旋,形成江水涛涛的奇观。第三句诗人以静衬托动。虽然青山岿立不动,但是由于船速飞快,所以一排排地向后离去。而船速的飞快又进一步衬托出江水的汹涌,正是因为水势很急,船速才能加快。

最后一句，传神地描绘了孤帆乘风破浪，越来越靠近天门山的情形。如果说第三句诗人观察的视角在船上，第四句则是想象有人在岸上看到自己。

青年诗人初出巴蜀，一路逸兴遄（chuán）飞，目睹名山风景，轻舟踏水排峰而过，不由得目接神驰，壮怀激荡。

早发白帝城①

李 白

朝辞白帝彩云间,
千里江陵②一日还。
两岸猿声啼不住③,
轻舟已过万重山。

注释

① 白帝城：古城名，在今重庆奉节东白帝山上。
② 江陵：今湖北荆州江陵县。
③ 住：停。

素描

　　一大清早，就赶着离开白帝城。登上了船，回头望去，才发现白帝城的地势是如此之高，直直地升入云霄之中。

　　那白色的云朵在朝阳的照耀下，闪着缤纷的色彩，似有似无，仿佛一层轻轻的薄纱，而白帝城就像那初生的婴儿，还在酣睡之中呢！

　　真希望一下子就能飞到江陵，小船儿大概听见了我的心里话，顺流而下，一日千里，没多久就要到江陵了。

　　到了三峡，两岸都是高峻陡峭的青山，漫山遍野都是树，放眼望去就是绿色的海洋。树丛中猿猴啼叫的声音此起彼伏，连成一片。

小船十分轻巧,就像一片树叶浮在水面上,不一会儿就告别了两岸的高山峻岭,也告别了猿猴的啼声,来到了宽广的水域。

鉴赏

这首诗写于李白流放他乡,突然被赦免的时候,抒发了诗人喜悦畅快的心情。全诗潇洒挺拔,空灵飞动。

首句"彩云间"三字着重写地势之高,为下文舟行之速、行期之短做了铺垫。第二句"千里""一日"以空间之远和时间之短进行了悬殊的对比。"还"字最妙,充分体现出诗人的喜悦,俨然如回乡。第三句用猿声的"啼不住"映射出船速之快,进一步表现了诗人心情的畅快和兴奋。第四句用"轻舟"和"万重山"作比,体现出人逢喜事精神爽的滋味。"万重山"又暗示着诗人历经艰险将要重返康庄大道的快感。

越中①览古

李 白

越王勾践破吴归。
战士②还家尽锦衣。
宫女如花满春殿。
只今惟③有鹧鸪飞。

注释

① 越中：在今浙江绍兴。
② 战士：指打败吴国的战士。
③ 惟：只。

素描

来到越中浏览，仿佛还能闻到空中弥漫的硝烟，还能听见震耳欲聋的呐喊声。遥想当年越王勾践大败吴王，消灭了敌人，洗刷了前耻，战士们都受到了赏赐，衣锦还乡。老百姓都站在街道的两边，夹道热烈欢迎他们心目中的英雄。百姓们纷纷拿出家里最好的食物和酒来款待战士，孩子们兴高采烈、蹦蹦跳跳地围在战士们的前后，举国欢庆，热闹非凡。

可是，越王回国以后，不但耀武扬威，而且荒淫逸乐起来。于是，宫殿中经常可以听见银铃般的笑声，原来是花朵一样的美人，充满了整个王宫上下，她们都围着越王寻欢作乐，唱歌跳舞。越王早就将卧薪尝胆的往事抛到了九霄云外去了。

所有的繁盛、美好、热闹、欢乐全部都消失不见了。过去的一切,还剩下些什么呢?只能看见几只鹧鸪在王城的故址上飞来飞去!

鉴赏

题名显示这是一首怀古之作,即诗人游览浙江绍兴,有感于历史上发生的著名事件而写下的。

诗人着眼点没有放在越王卧薪尝胆、攻破吴国的场面,而是截取了越王班师回国后的两个镜头。

诗篇通过具体的景物作鲜明对比。一般七绝,转折点安排在第三句里,而它的前三句却是一气直下,直到第四句才突然转向,显得格外有力量、有神采,笔力雄健。

独坐敬亭山①

李 白

众鸟高飞尽，
孤云独去闲②。
相看两不厌③，
只有敬亭山。

注释

① 敬亭山：在今安徽宣城北，为南齐谢朓赋诗之所。
② 闲：指山中空灵无物。
③ 厌：满足。

素描

"啾啾啾"，从天边飞来了几只小鸟，在欢快地歌唱，时高时低，有的还飞进了树林，玩起捉迷藏的游戏。近了，近了，但不一会儿，又远了，远了，越飞越远，我目送着这群小家伙，看着它们雀跃的背影，直至无影无踪。

寥廓的长空，还有一片白云，可它也不愿意在这里多待了，慢慢地越飘越远，消失在天空的尽头。

山里没有了鸟鸣，就更加清静了；天空没有了云彩，也更加辽阔了。

似乎世间的万物都讨厌我，不愿意和我待在一起。四周静悄悄的，只剩下我和敬亭山两两相对了。我凝视着秀丽的敬亭山,而它也一动不动、含情脉脉地注视着我。这世界上大概也只有它还愿意与我作伴吧!敬亭山就是我的知己,只有它是不会抛弃我的,只有它在我失意无助的时候还时时陪伴着我。

鉴赏

这首诗为李白长期漂泊在外之作。前两句通过眼前的景色抒发诗人孤独的情感。"尽""闲"两字出现在每句之尾,用法精当,消除了前面的喧闹和骚动,造就出一个寂静的境界,烘托出诗人心灵的孤独和寂寞。

后两句运用了拟人手法,表达了诗人对敬亭山的喜爱。与鸟、云无情离开相比,敬亭山似乎更富有人情味,它岿然不动,静静地陪伴着诗人。意境仍是"静"的,实际以是山之"有情"反映出人的"无情",诗人被迫于天宝三载(744)离开长安已有十年的凄凉境遇也从中透露了出来。

次①北固山②下

王 湾

客路青山外，
行舟绿水前。
潮平③两岸阔，
风正④一帆悬。
海⑤日生残夜，
江春入旧年。
乡书⑥何处达？
归雁洛阳边。

注释

① 次：停泊。
② 北固山：在今江苏镇江北，三面临水，倚长江而立。
③ 潮平：潮涨满江。
④ 风正：风顺。
⑤ 海：指江。
⑥ 书：信。

素描

我乘着船，朝着展现在眼前的绿水前进，驶向北固山，驶向那北固山之外遥远的目的地。春潮涌涨，江水浩渺，江面似乎与两岸一样平了，视野也因之更加开阔。顺风而行，风和日丽，波平浪静，高挂着的帆是直直地悬着的。

残夜还没有消退，一轮红日已经从海上升了起来；旧的一年尚未逝去，江南就已春回大地。江面上一片春意盎然,一群鸭子还从船边游过,欢快地嘎嘎叫着。这让我不禁想起了千里之外的故乡。

就在这个时候,一群北归的大雁掠过了万里晴空。雁儿是要经过洛阳的,那我就托它们捎个信:雁儿啊,烦劳你们飞过洛阳的时候,替我问候一下家里人。是啊,家里的老人和孩子,不知道他们现在怎么样了?

鉴赏

这是一首思乡诗。首联"客路"指诗人要去的路,"青山"点题中"北固山"。次联上句写平野开阔、大江直流、春潮涌涨;下句"风正一帆悬",在上句的衬托下,帆船显得尤为细小,船上的人儿就更加微不足道了。第三联"海日生残夜,江春入旧年",是脍炙人口的名句。诗人把"日"与"春"作为新生事物的象征,并用"生"字和"入"字使之拟人化,赋予它们以人的意志和情思。第四联紧承三联而来,呼应首联,让全篇笼罩上一层淡淡的乡思愁绪。

黄鹤楼

崔颢

昔人①已乘黄鹤去,
此地空余黄鹤楼。
黄鹤一去不复返,
白云千载空悠悠②。
晴川③历历④汉阳⑤树,
芳草萋萋⑥鹦鹉洲⑦。
日暮乡关⑧何处是?
烟波江上使人愁。

注释

① 昔人：指传说中骑鹤飞去的仙人。

② 悠悠：飘飘荡荡的样子。

③ 晴川：晴日里的原野。川，平川、原野。

④ 历历：分明的样子。

⑤ 汉阳：地名，今湖北武汉的汉阳区，与黄鹤楼隔江相望。

⑥ 萋萋：草木茂盛的样子。

⑦ 鹦鹉洲：长江中的小洲，在黄鹤楼东北。

⑧ 乡关：故乡。

素描

早就听说古代有仙人曾经腾云驾雾，乘着黄鹤到这里看过风景，和朋友一起把盏言欢过，但是又乘着黄鹤离开了。只留下一座孤零零的黄鹤楼，还执着地站在这里。现在仙人在何方呢？黄鹤又在哪里呢？仙去楼空，唯有天际的朵朵白云，一如往昔，悠悠地在这里飘了几千年。

它寂寞吗？孤单吗？

登上了黄鹤楼，放眼眺望汉阳城，历历在目的是鹦鹉洲的芳草绿树。夕阳像熟透了的果实垂在天边，余晖洒落在苍茫大地上，可是哪里才是我的家乡呢？江面上烟雾绕缭，一切都是朦朦胧胧的，看不真切，我的前途究竟在哪里呢？

愁绪，就像烟雾那样涌上了心头，怎么也挥之不去。

鉴赏

文以楼生，楼以文名。胜景催化诗文，诗文点染胜景。胜景与诗文，历来是相互成就、相得益彰的双生关系。这首把古体与律诗体相结合的变体律诗，情景交融，成为千古绝唱，黄鹤楼也随之声名远扬。

全诗气势苍莽，感情真挚。前半篇从楼名的来源着想，借用传说落笔，然后生发而去。如果说诗歌前半篇借历史典故抒发诗人的情感是虚写，那么诗歌后半篇就是实写，写出了诗人登上黄鹤楼看到的自然景色。全诗看似前后断成两截，其实气势一以贯之。前半部为后半部的愁思做铺垫,末联傍晚夕阳西下,诗人心生归意,促使诗意重返开头那渺茫不可见的境界。

凉州词①

王 翰

葡萄美酒夜光杯②,
欲饮琵琶马上催③。
醉卧沙场④君莫笑,
古来征战几人回?

注释

① 凉州词：唐代曲名，起源于凉州（今甘肃武威）一带。

② 夜光杯：用美玉制成的杯子，夜间能够发光。此处指精美的酒杯。

③ 催：催促。

④ 沙场：战场。

素描

庆功宴开始了！今天，将军下令大摆筵(yán)席，让大伙儿放松放松，要知道这在边塞生活中是多么难得呀！大家都决定开怀畅饮、一醉方休。此刻，红色的葡萄美酒倒在夜光杯中，顿时酒香四溢，在篝火的照耀下显得五光十色、琳琅满目。

这样的美酒佳肴，引得大家立即端起酒杯准备豪饮！还没来得及喝，琵琶声起，乐队奏起了音乐。酒宴开始了，那急促欢快的旋律，像是在催促将士们举杯痛饮，使已经热烈的气氛顿时沸腾起来了。

将士们你斟我酌,一阵痛饮之后,便有些醉意了,有人怕醉,不想再喝了,准备放下酒杯,回营中休息。这时座中便有人高叫:怕什么,醉就醉吧,就是醉卧沙场,也请诸位不要笑,因为自古以来,沙场征战,将士们都是精忠报国、血洒边疆,没有几个是回到故乡的,我们不是早就将生死置之度外了吗?

鉴赏

边地环境荒寒艰苦,军队生活紧张动荡,这首诗描写得是军营中一次难得欢聚的酒宴。

诗人用饱蘸激情的笔触,奇丽耀眼地写下"葡萄美酒夜光杯",犹如突然拉开帷幕,在人们眼前展现出五光十色、酒香四溢的盛大筵席,为全诗的抒情写下了基调。第二句写正在大家准备开怀畅饮时,乐队奏起了欢快的琵琶,仿佛在催促将士们痛饮之后,走向战场,取得胜利。其中"催"字用的极为精当,反映了军营的紧张生活。第三、四句写筵席上的畅饮和劝酒,表现出将士们视死如归的勇气和慷慨豪迈的气魄,让人不禁对盛唐边塞兴起向往之情。

别董大

高 适

千里黄云①白日曛②,
北风吹雁雪纷纷。
莫愁前路无知己,
天下谁人不识君③?

注释

① 黄云:指云被夕阳染成了黄色。
② 曛:日色昏暗。
③ 君:指即将远走的朋友。

素描

　　大雪纷飞,一眼望去,只有不着边际的白茫茫的大地。在天空的尽头,红彤彤的夕阳还没落山,连绵千里的云彩都被落日染成昏黄色。与天紧紧贴着的,就是苍茫的旷野。

　　天边飞来了一群大雁,它们也一定是嫌北方的冬天太冷,飞向那温暖的南方。一只,两只,三只……近了,近了,可转眼之间,又渐飞渐远,不一会儿,就消失在云层之中了。

　　身边本来就没有几个朋友了,现在又要与董大分别,况且天气又是如此寒冷,举目望去一片萧瑟,想来路途一定非常的艰难,心中的酸楚真是不言自明。

我不希望朋友跟着一起难过,便强打起精神,安慰他:"不要担心前方没有知己,天下又有谁不知道您的大名呢?"

鉴赏

在唐代诗人的赠别诗篇中,有不少凄清缠绵的作品。但也有一种慷慨悲歌,出自肺腑,《别董大》就是这样。

全诗语言朴实无华,却感情浓烈。前两句纯粹用白描的手法,直接描写眼前的景物,抒发真挚的感情。后两句笔锋一转,一扫先前内心郁积之气,眼界豁然宽阔,说出一番宽慰的话语,表达了诗人对现实的抗争与对未来的希望,充满了信心和力量。

逢雪宿芙蓉山主人

刘长卿

日暮苍山①远，
天寒白屋②贫。
柴门闻③犬吠，
风雪夜归人。

注释

① 苍山：青山。
② 白屋：以白茅草覆盖的房屋，为古代贫民所居。
③ 闻：听到。

素描

　　太阳一点一点地消失在山后，暮色苍茫，笼罩着整座山，山中的道路怎么如此的漫长，我已经走了很久了，全身又累又冷，究竟还要走多久，才能找到人家歇一歇呢？

　　啊，看见远处的树林里露出了一角茅屋，真是救星啊，我不由得加快脚步，赶上前去。那里真有一间小茅屋，不过太简陋了，又逢寒冬，屋顶上覆盖了厚厚的一层雪，仿佛都要把屋顶压垮了。

　　推开了屋前的柴门，迎上来一条狗，前前后后地跟着我，一边跳一边叫，大概也在欢迎我的到来吧！跟出来的主人喝住了狗，把我迎了进去，还很热情地将我安顿好。

这时候,夜幕已经降临,主人特地为我生了篝火,把屋子烘得暖烘烘的,照红了我的脸庞,外面却是风雪交加。一天旅途劳顿,我就早早地躲进被子里了。

鉴赏

这首诗描绘了一个行人晚上投宿荒村野岭的情景。先是写旅客傍晚在山路上行走时看见的景物,而后写到达投宿人家的场景。每句诗都是一个画面,诗中有画,画中有诗。

首句写了一个旅人眼中的景色,暮色苍茫,山路漫长。"远"字点明视角,突出诗境。第二句距离稍近了点,可以看到苍山之中,有一简陋的小屋若隐若现,在寒冬之中,显得异常简朴。这两句,为下文做出铺垫。第三、四句镜头拉得更近,旅人顶着漫天飞雪,就像是归人一样,走进了茅屋。

从诗中我们可以看出山居的荒凉、环境的静寂、游人的孤独、借宿人家境况的穷苦。虽然只有短短四句,图景意象却十分丰富。

望 岳

杜 甫

岱dài宗zōng①夫fú②如rú何hé？
齐qí鲁lǔ③青qīng④未wèi了liǎo⑤。
造zào化huà⑥钟zhōng⑦神shén秀xiù，
阴yīn阳yáng⑧割gē⑨昏hūn晓xiǎo。
荡dàng胸xiōng生shēng曾céng⑩云yún，
决jué眦zì⑪入rù归guī鸟niǎo。
会huì当dāng⑫凌líng⑬绝jué顶dǐng，
一yī览lǎn众zhòng山shān小xiǎo。

注释

① 岱宗:指泰山,为五岳之首。

② 夫:指示代词。这,那。

③ 齐鲁:指齐与鲁,周代分封的两个诸侯国,在今山东一带。

④ 青:指山色。

⑤ 未了:不尽。

⑥ 造化:指天地、大自然。

⑦ 钟:聚集。

⑧ 阴阳:古人以山北水南为阴,山南水北为阳。

⑨ 割:分。

⑩ 曾:同"层"。

⑪ 眦:眼眶。

⑫ 会当:终当,终要。

⑬ 凌:登上。

素描

　　泰山到底怎么样呢？今天终于能够见到它的真面目了，在齐鲁两个国家就能远远地看见泰山横卧在那里，它已经默默躺了很久，历经世间沧桑。也只有大自然才有这般鬼斧神工，竟然造就出如此高拔峻峭的泰山来。

　　泰山高耸如云，直直地插入云霄，南北两面，一面明亮一面昏暗，截然不同。仔细望去，山中的云气层出不穷，绵延不绝，仿佛面纱一般，使得泰山忽隐忽现，多了几分神秘感。我仿佛要腾云驾雾，飘飘欲仙，心胸也为之荡漾；鸟儿都已经投林还巢了，而我还站在那里使劲睁大眼睛痴痴地看着，觉得眼眶都要裂开了。

　　我一定会登上它的最高峰，放眼眺望四周的群山，感受泰山高大突兀的壮观，体验"登泰山而小天下"的境界。

鉴赏

　　"岳"是指全国的五大名山。全诗没有一个"望"字，但句句写向岳而望。距离自远而近，时间从早上到晚上，并由现在望岳想到将来登岳。

第一联一问一答，都是惊人之句。"岱"是泰山的别名，因为居五岳之首，所以称"岱宗"，首句意思是：泰山究竟是什么样子呢？次句给出答案：在齐鲁两个大国国境之外还能看见横亘在那里的泰山，言外之意是说泰山非常高大。第二联写近望中所见泰山的神奇秀丽和巍峨高大的形象。第三联是写俯视。最后一联表示诗人的决心，"会当"是唐人口语，意即"一定要"。"会当凌绝顶，一览众山小。"从中可以看出杜甫看轻困难，勇于攀登绝顶，俯视一切的雄心和气慨。这两句千百年来一直为人们传涌，并刻石为碑，立在泰山。

春 望

杜 甫

国破山河在,
城①春草木深。
感时花溅泪,
恨别鸟惊心。
烽火②连三月③,
家书抵万金。
白头搔更短④,
浑⑤欲不胜簪⑥。

注释

① 城：指长安城，当时被叛军占领。

② 烽火：古时边防报警的烟火。这里借指战事。

③ 连三月：唐肃宗至德元载(756)六月，安史叛军攻下唐都长安。此诗写于次年的三月。

④ 短：少。

⑤ 浑：简直。

⑥ 不胜簪：插不住簪子。胜，能够承受、禁得起。簪，一种别住发髻的长条状首饰。

素描

站在破败的城墙上，举目四望，虽然山河依旧，但是国都沦陷，城池残破，乱草遍地，林木苍苍，一片荒凉，满目萧瑟，没有一点春天的样子。

平时看见花朵，一定高兴还来不及，可是现在国难当头，压根儿提不起兴趣去欣赏了，反而心中更加难过。物是人非呀，眼泪顺着了脸颊流了下来，真是枉费了它们开得如此的灿烂。此时小鸟的歌声,也显得特别的刺耳。

从"安史之乱"到如今阳春三月,战火从来没有停止过,多么盼望能收到家中亲人的消息,这时候的一封家信,真是比万两黄金还珍贵呀!

望着眼前颓败的景色,不觉抓了抓头,头发都已经愁白了,而且越来越少,几乎不能用发簪挽起来。唉,战争啊,还要持续多久呢?家信哪,什么时候才能收到呢?忧愁哇,何时才能停止呢?

鉴赏

此诗为杜甫安史之乱时期在长安所作。唐肃宗至德元载(756)八月,杜甫将家小安置在鄜(fū)州(今陕西富县),只身前往灵山(今属宁夏)投奔肃宗,途中为叛军所俘,遂困居长安。该诗作于次年三月。

诗的前四句感叹春城破败的景象,后四句饱含对亲人思念的感情,全诗真挚自然。

首联开篇写春望所见:国都沦陷,山河依旧,已是春天,乱草遍地,无人打点。次联触景生情,移情于物,通过"花溅泪、鸟惊心"折射出诗人伤心而惊恐的心情。此联与首联都是望的景色,诗人视线由远而近,感情由隐而显,由弱到强,步步推进。第三联"烽火连三月,家书抵万金"写音信隔绝时一封家书胜过万金,容易引起人们共鸣,成为千古名句。最后一联在离乱伤痛之外,又添自伤衰老之情,显得更加悲哀。

蜀相

杜甫

丞相祠堂何处寻?
锦官城①外柏森森。
映②阶碧草自春色,
隔叶黄鹂空好音。
三顾频烦③天下计,
两朝④开济⑤老臣心。
出师未捷身先死,
长使英雄泪满襟。

注释

① 锦官城:今四川成都。

② 映:遮蔽。

③ 频烦:即频繁。一说多次烦劳咨询。

④ 两朝:指蜀先主刘备和后主刘禅。

⑤ 开济:开创大业,匡济危时。开,开创。济,扶助。

素描

丞相的祠堂在哪里呀?

我寻寻觅觅,终于在锦官城外数里之遥找到了它。远远望去,那里翠柏成林,一片郁郁葱葱,气象不凡。

走进祠堂,最先映入眼帘的就是满院子的萋萋碧草,它们就在这片寂静之中,慢慢变绿,告诉大家现在又是一个春天,然而却没有人欣赏。它们绿了又黄,黄了又绿,年复一年,寂寞之心没人知道。隔着竹林,听见数声黄鹂的鸣叫,它们尽情地对我倾诉,告诉我这儿是多么荒凉,平时根本没有人来听它们歌唱。

想起丞相的一生，从刘备三顾茅庐，到成为两朝的重臣，真是"鞠躬尽瘁，死而后已"！但统一大业未竟，巨星陨落，百姓痛哭失声……

想到这些，在阶前林间徘徊的我不禁老泪纵横。

无论古今，天下英雄的心，总是相通的。

鉴赏

这是一首怀人诗，通过眼前的景色缅怀古人。

第一联写远景，先用设问，接着回答。第二联写近景，但并没有描写巍巍的殿宇、庄严的塑像，而是刻画台阶前的碧草、树叶中的黄鹂，借此抒发了自己身处荒凉之地的寂寞心情。第三联由今及古，回想诸葛亮三分天下的谋略和鞠躬尽瘁的精神。第四联由古及今，由诸葛亮的英雄事迹联想到自己。

客至

杜甫

舍①南舍北皆春水,
但见群鸥日日来。
花径不曾缘客扫,
蓬门②今始为君开。
盘飧③市远无兼味④,
樽酒家贫只旧醅⑤。
肯⑥与邻翁相对饮,
隔篱呼取尽余杯⑦。

注释

① 舍:指诗人所居的成都浣花溪草堂。
② 蓬门:蓬草编成的门,贫者之居。
③ 盘飧:盘中菜肴。飧,熟菜。
④ 兼味:两种以上的菜肴。
⑤ 醅:没有滤过的酒,也泛指酒。
⑥ 肯:乐意。
⑦ 余杯:残酒,未饮完的酒。

素描

草堂坐落在溪边,绿水环绕,春意荡漾,推开窗户一看,南边北边都是碧波荡漾,让人心旷神怡。

这里十分清幽,一般没有什么人来,只有一群沙鸥,像是我的朋友,天天来这儿看我,倾听我诉说心中的寂寞。

今天朋友崔明府来家中做客,真是不好意思,庭院的小路上长满了野草,也来不及收拾,但是一向紧闭的家门,今天是第一次为你打开的。

哎,没什么可以招待的,家住得太偏僻了,买东西很不方便,菜肴很简单,买不起好酒,只能用家里自己酿的酒招待你,不过大家的交情已经那么深了,你一定不会嫌弃吧,请随便喝,不醉不归!

如果你愿意和邻居的老翁对饮,就隔着篱笆喊他一起过来喝光剩下的酒。

鉴赏

这是一首洋溢浓郁生活气息的诗篇,表现出了诗人诚朴的性格和喜悦的心情。

一、二句从户外风景着手,点明客人来访的时间、环境和诗人的心境。"皆"字用得好,暗示春水涨溢的感觉。"群鸥"常指隐士,这里指诗人闲逸在江村之中。三、四句采用了与客谈话的口吻,增强了宾主相谈的生活感,从户外写到庭院。五、六句由虚写"客至"转到实写"待客",字里行间充满了融洽气氛。

注释

① 发生:使植物萌发、生长。
② 野径:田野间的小路。
③ 红湿处:被雨水打湿的花丛。
④ 花重:花因为饱含雨水而显得沉重。
⑤ 锦官城:成都的别称。

素描

好久都没有下过雨了,河水有些干涸,流淌的时候不再发出"叮叮咚咚"的歌唱;花朵耷拉着脑袋,一副没精打采的样子;草地也被太阳烤得有些发黄。

真是一场及时雨呀!正需要它的时候,它就来了。春天的雨伴着和风细细地滋润着大地,它无声无息,趁着劳作了一天的人们酣睡的时候,悄悄来到我们身边。花朵努力地吸吮着甘露,高高抬起美丽的脸庞。小草也透着喜人的翠绿,叶子上的雨滴,晶莹剔透得像串串明珠。

可是现在,一切都被夜幕所笼罩着,一片漆黑,只有船上的灯光,忽明忽暗。分不清哪里是岸,哪里是江,小路也分辨不清楚,天空上全是黑沉沉的云,地上也像云一样黑。好哇,这雨看样子准会下到明天天亮。等着明天清晨去看吧,展现在眼前的一定是满城带着湿气的鲜花,红润润的一片。

鉴赏

这是描绘雨景、表达喜悦心情的名作。

首联用"好"字点题,反映雨来得及时,深得人们喜爱。"知"字用得尤为贴切,拟人化的用法,进一步显示春雨的"好",仿佛通了灵性,在万物复苏,尤需滋润的春季来临。

第二联进一步显示雨之"好"。"潜"字表明春雨并不是很大,也没有干扰人们的正常生活,而是在不经意间就滋润了万事万物。"夜"字点明下雨的时间也"好",是在晚上。

第三联具体描写下雨时的野外之景。既然是"好"雨,那就希望它能够多下点。看这野外天空黑沉沉的,必然能下到天亮。这是诗人看见的景象。

尾联是想象中的情景。"好"雨下了一夜,润泽大地,诗人情不自禁地想象天明以后满城春色的美景。

茅屋为秋风所破歌

杜 甫

八月秋高风怒号,
卷我屋上三重茅①。
茅飞渡江洒江郊,
高者挂罥②长③林梢,
下者飘转沉塘坳④。
南村群童欺我老无力,
忍⑤能⑥对面为盗贼,
公然抱茅入竹去。

唇焦口燥呼不得⑦，
归来倚杖自叹息。

俄顷⑧风定云墨色，
秋天漠漠⑨向昏黑⑩。
布衾⑪多年冷似铁，
娇儿恶卧⑫踏里裂。
床头屋漏无干处，
雨脚如麻未断绝。
自经丧乱⑬少睡眠，
长夜沾湿何由彻⑭！

安得广厦千万间，

大庇⑮天下寒士⑯俱欢颜！
风雨不动安如山。
呜呼！
何时眼前突兀⑰见此屋，
吾庐独破受冻死亦足！

注释

① 三重茅：多层茅草。

② 挂罥：挂着，挂住。罥，挂结。

③ 长：高。

④ 坳：低洼的地方。

⑤ 忍：狠心。

⑥ 能：如此、这样。

⑦ 呼不得：喝止不住。

⑧ 俄顷：一会儿。

⑨ 漠漠：阴沉迷蒙的样子。

⑩ 向昏黑：渐渐黑下来。向，接近。

⑪ 衾：被子。

⑫ 恶卧：指睡相不好。

⑬ 丧乱：战乱，指安史之乱。

⑭ 何由彻：如何挨到天亮。何由，怎能、如何。彻，到，这里是"彻晓"（到天亮）的意思。

⑮ 庇：覆盖。

⑯ 寒士：贫寒的士人。
⑰ 突兀：高耸的样子。

素描

我好不容易求亲告友，才在浣花溪边盖了一座茅屋，不管怎么说，总算有了一个栖身的地方。不料到了八月，刮起了大风，把我的屋顶上的茅草都刮去了。衣衫单薄的我拄着拐杖，站在屋外，眼巴巴地望着怒吼的秋风把茅草一层一层地卷起来，吹过江去。有的被挂在了高高的枝头，没有办法弄下来；有的落在了河里，也没有办法捞起来。

即使有落在地上的，也被村里的孩子抱回了家。他们是在欺负我这个老弱多病的老头儿啊！竟然忍心在我的眼前做强盗！虽心急如焚，却无力呵斥，只能独自叹息，上天对我太不公平，唯一的安身之所也不能住了。

偏偏晚上又下起了瓢泼大雨。小孩的睡相不好，布被被踢得又破又旧，这雨夜里盖着冷冰冰的。破屋里也下起了小雨,没有一处地方是干的,简直没有办法住人。我又冷又饿,没有办法睡着。

多么希望眼前能出现一座大厦来为天下贫寒的读书人遮风挡雨呀!如果能这样,我即使被冻死饿死,也心甘情愿。

鉴赏

乾元三年(760)的春天,杜甫在亲友的帮助下,才在成都的浣花溪边盖起一间茅屋,总算有了一个栖身之所。不料八月,风雨交加,房子也遭到破坏,诗人长夜难眠,写下这篇忧国忧民的著名诗篇。

全诗分四节,第一节五句,用"卷""飞""渡""洒""挂""飘转"一个接一个动作表明自己辛辛苦苦搭起来的茅屋被大风破坏的情形。而"号""茅""郊""梢""坳"五个开口韵,读起来也像传来阵阵风声。第二节五句体现诗人年老力衰,同时也暗示百姓都很穷困。第三节八句,写屋破又遭连夜雨的苦况。最后一节是诗人的呼吁,希望广大老百姓不要像自己一样痛苦,而是过上高高兴兴的日子。

赠花卿

杜 甫

锦城①丝管②日纷纷,
半入江③风半入云。
此曲只应天上有,
人间能得几回闻。

注释

① 锦城：今四川成都。
② 丝管：弦乐管乐，后多泛指歌舞宴乐。
③ 江：锦江。

素描

成都，万商云集，一派繁华。

成都城里，飘来了一阵美妙的管弦声，那么轻柔，那么和谐，仿佛冬天纷纷扬扬的大雪，漫天而来，将你紧紧包裹；又好像春天漫天飞舞的柳絮，身姿轻盈，飘荡在大街上的每个角落。

是谁家有如此雅兴呢？循声找去，悠扬动听的乐曲，原来是从花卿家的宴席上传出来的，一半随风荡漾在锦江上，一半则冉冉飘入蓝天白云。

他家中宾客满堂，大家一边听着行云流水般的美妙乐曲，一边开怀畅饮，还不时传出阵阵爽朗的笑声。

他们的生活有如神仙一般，因为这乐曲应该只有天上才听得到吧，人间的凡人一生又能听见几回呢。

真是太美妙了！

鉴赏

这首绝句，表面上语言平实，其实有深刻的内在含义。

第一句写成都有各种各样的音乐。"纷纷"两字通常写一个看得见、摸得着的具体事物，这里却用来描写看不见的乐曲，从视觉和听觉的变换上，来比喻乐曲种类的繁多。第二句也是采用了化虚为实的手法，说悠扬动听的乐曲，飘荡在锦江之上，飘入青天白云之间。两个"半"字空灵活脱，为全诗增加了不少情趣。最后两句，以天上的乐曲相比，因实而虚，虚实相生，现实和遐想相结合，将乐曲的美妙赞誉到了极致。

诗题中的花卿是有功之将，在成都居功自傲，目无朝廷，擅自用天子的音乐，杜甫写这首赠诗给予委婉讽刺。诗尾"天上"实则暗指皇宫，"人间"则指皇宫之外。这首诗柔中有刚，绵里藏针，看似赞美，实则讽刺，显示了高超的技巧。

江畔独步寻花（其六）

杜 甫

黄四娘家花满蹊①，
千朵万朵压枝低。
留连戏蝶时时舞，
自在②娇莺恰恰啼③。

注释

① 蹊：小路。
② 自在：即自由自在。
③ 恰恰啼：着意啼。

素描

成都江畔。

今天我的心情特别好，又是春暖花开的时节，趁着这好天气，独自来到了江畔散散心。

不知不觉地走上了去黄四娘家的小路上，迎面吹来阵阵和煦的春风，落英缤纷，抬头一看，仿佛一夜之间春风吹醒了千万朵花，她们争奇斗艳，不甘示弱地竞相开放，沉甸甸的花朵早就把树枝都压得低下了头。

翩翩起舞的蝴蝶，若隐若现地在花丛中飞来飞去，在这朵花上停停，又在那朵花上歇歇，不禁让我流连忘返。

正在这时，恰巧传来了一串清脆悦耳的歌声，把沉醉在花丛中的我唤醒，原来是一对黄莺在枝头啼叫，这可爱的小家伙,嫩黄的羽毛配着粉红的小嘴,正引喉高歌呢!

真是花繁枝茂,莺歌蝶舞,一派迷人景象。

鉴赏

> 杜甫在饱经离乱之后,开始有了安身的处所,春暖花开时节也就有时间欣赏自然风光并写诗助兴了。
>
> 诗歌首句点明赏花的地点,次句"千朵万朵"进一步体现首句的"满"字。第三句通过花枝上翩翩起舞的蝴蝶来暗示花的气味,"舞"字也反映出诗人心情的愉快。第四句在鸟儿的欢叫声中结束,饶有余韵,"娇"字写出莺声轻软的特点,"自在"则是诗人把自己主观的感情投射在莺歌身上。

闻官军收河南河北

杜 甫

剑外①忽传收蓟北②,
初闻涕泪满衣裳。
却看③妻子④愁何在,
漫卷⑤诗书喜欲狂。
白日放歌须纵酒,
青春⑥作伴好还乡。
即从巴峡穿巫峡,
便下襄阳向洛阳。

注释

① 剑外：指作者所在的蜀地。

② 蓟北：泛指唐朝蓟州北部地区，当时是叛军盘踞的地方。

③ 却看：回头看。

④ 妻子：妻子和孩子。

⑤ 漫卷：胡乱地卷起。

⑥ 青春：指春天。

素描

我还在剑外，忽然收到了叛乱已平的捷报，这是真的吗？我不是在做梦吧？我已经在外漂泊多年了，饱经风霜，以为这辈子都不可能再回到家乡呢，现在竟然可以回家了，真是又惊又喜，再也忍不住了，泪水像关不住闸的河水，汹涌而出，湿透了衣裳。

回头看看身边的妻儿，能够结束颠沛流离的日子，多年笼罩全家的愁云早就无影无踪了，大家都笑逐言开，喜气洋洋,我也没有心思看书了,随手卷起诗书,和大家一同高兴。

越想越高兴,我不顾仪态,大声唱出心中的喜悦,开怀纵酒。恰逢春天,到处鸟语花香,正好可以一边欣赏浪漫春光,一边与妻子儿女们结伴回乡。归心似箭,真希望弹指之间,就乘船从巴峡穿过巫峡,顺流急驶,来到襄阳后换乘马车,回到洛阳。

鉴赏

这首诗写于安史之乱末期,官军打了一个大胜仗,诗人突然得到了这个消息。

第一联"忽传""初闻"表示捷报来得很突然。"涕泪满衣裳"体现了诗人听到消息一刹那喜极而泣,悲喜交加;第二联"喜欲狂"把诗人情感洪流推向更高峰;第三联写自己为了庆祝胜利,也不禁"放歌""纵酒";尾联"从、穿、下、向"这四个字把"巴峡、巫峡、襄阳、洛阳"串起来,仿佛一幅幅飞驰的画面一闪而过,反映了诗人的急切之情。除第一句点题外,其余各句都是描写惊喜之情,后人称之为老杜"生平第一首快诗"。

绝句

杜甫

迟日①江山丽,
春风花草香。
泥融②飞燕子,
沙暖睡鸳鸯。

注释

① 迟日:春季白昼一天天地变长,故云。
② 泥融:这里指泥土变湿软。

素描

春日的白日渐渐长了,青山绿水变得格外明丽。溪水中倒映出两岸的秀丽风光,还有那一片蔚蓝清澄的天空。和煦的春风,吹绿了芳草,吹开了百花,空气中飘浮着一种芬芳清新的气息。

秋去春来的燕子正在衔泥筑巢,它们的灵巧的身影和快乐的歌唱,让原本安静的树林变得生气勃勃。水里的鸳鸯懒洋洋的,成双结对地躲在溪边的沙洲上晒太阳,互相依偎,悠然自得。

鉴赏

这首诗"以诗为画",是极富诗情画意的佳作。
首句以初春的阳光统摄全篇,定下了全诗明媚的基调。第二句更进一步用春风、花草来展现大好春光。第三、四句转向具体的景物描写。先是用初春常见的飞燕筑巢写出了一幅动态春意图景,接着又用春日暖阳下静态的鸳鸯来和第三句形成动静相间、相映成趣的艺术效果。

全诗反映了诗从奔波流离至暂定草堂的安适心情,也是诗人对初春生机蓬勃的美景的欢欣之情的表露。

绝 句

杜 甫

两个黄鹂鸣翠柳,
一行白鹭上青天。
窗含西岭①千秋雪②,
门泊东吴③万里船。

注释

① 西岭：指成都之西的岷山。
② 千秋雪：因岷山终年积雪，千古不化。
③ 东吴：指江南地区。三国时孙权在江南称帝，国号吴，史称东吴。

素描

清晨，不经意地推开临水的窗子，就看见一对黄鹂——也许是一直就栖息在这柳树上的黄鹂，正在欢快吟唱。它们小巧而伶俐的身影在翠绿中忽隐忽现，不停地歌唱生活，歌唱爱情。

晴空万里，没有一朵云彩，一行白鹭在蓝天的映衬下，悠闲自得地慢慢飞翔。

凭窗远眺西山上的雪岭，岭上的积雪终年不化，也只有在这样好的天气，才能一睹它的风采。它目睹了人世间的兴衰盛败，又将见证未来多少的风风雨雨？人生苦短，充其量不过是历史长河中的沧海一粟罢了。

向门外一瞥,看见了停泊在江岸边的船只,它们都来自千里之外的东吴,穿越三峡,才来到这儿的,多不容易呀!

鉴赏

这首诗是杜甫在草堂写的一组即景小诗的第三首。

诗的上联是一组对仗句,合在一起就向读者展示了诗人自由自在、轻松愉快的心情。其中一连用了"黄、翠、白、青"四种鲜明的颜色,织成一幅绚丽的图景,非常具有层次感。首句还有声音的描写,带给读者听觉上的享受。

下联也是由对仗句构成。上句写凭窗眺望西山的雪岭,其中一个"含"字,仿佛雪山是嵌在窗框中的一幅画。下句写窗外近景,一艘远道从江南而来的船停在岸边,暗示了战争过后社会安定,赋予全诗一种新气象。

全诗一句一景,是四幅独立的图景,但这四幅画,又构成了一个统一的意境,表现了一种悠闲恬适的心情。

旅夜书怀

杜 甫

细草微风岸，
危樯①独夜舟。
星垂平野阔②，
月涌③大江流。
名岂文章著，
官应老病休。
飘飘④何所似？
天地一沙鸥。

> **注释**
>
> ① 危樯：高耸的樯杆。
>
> ② 星垂平野阔：因平野开阔，故天边星辰遥挂如垂。
>
> ③ 月涌：月亮倒映，随波流涌。
>
> ④ 飘飘：形容漂泊不定。

> **素描**

微风轻轻地吹拂着江岸上的小草，小草就像一片辽阔的海洋，翻起阵阵波澜。小船上竖着高高的樯杆，在一片银白的月光中，孤独地停泊在港湾里。随着波浪轻轻地摇着，就像摇篮一样。

天上的点点繁星，一闪一闪地在对我眨眼，今晚的它们离我特别近，仿佛一伸手就能摘下来似的。天空就这样紧紧地挨着一望无际的平野。倒映在水中的月亮，随着波涛涌动，缺了又圆，圆了又缺。而大江则缓缓地向着东面流去。

立足在这样的天地间,感觉自己就像细草那样渺小,如同小船那样孤独。有点名声,哪里是因为我的文章写得好呢?做官,倒是应该因为年老多病而退休。我现在这样东飘西荡到底像什么呢?不过像广阔天地间的一只无家可归的沙鸥罢了。

鉴赏

这首诗,是寓情于景、寓景于情的经典之作。

诗的前半部分描写"旅夜"的情景。第一联写近景,第二联写远景。辽阔的平野、浩荡的大江、灿烂的星月,反衬出诗人孤苦伶仃的形象和颠沛流离的境遇。

诗的后半部分述说自己的情怀,实际是反话正说,诗人一直希望自己能够报效国家,济世安邦,而不是仅仅写写文章而已,现在自己提出休官,也并非年老多病,而是受到了排挤。

咏怀古迹（其三）

杜 甫

群山万壑赴荆门，
生长明妃①尚有村。
一去紫台②连朔漠③，
独留青冢④向黄昏。
画图省识春风面，
环佩空归月夜魂。
千载琵琶作胡语，
分明怨恨曲中论⑤。

注释

① 明妃：即王嫱，字昭君，晋时为避司马昭名讳而改称明妃。汉元帝时选入宫，成为宫女，与匈奴和亲出塞。

② 紫台：帝王之宫。

③ 朔漠：北方沙漠。

④ 青冢：指昭君墓，在今内蒙古呼和浩特西南。

⑤ 曲中论：曲中所倾诉之意。论，抒发出来，表达出来。

素描

站在白帝城的高处，向东望去，群山万壑竟然随着险急的江流，一下子奔赴到荆门山去了，那里还留有王昭君生长的小山村。

当年王昭君离别汉宫，远嫁匈奴，在万里之外的异国他乡，在一望无垠的沙漠度过了自己的一生。她死之后，被葬在了塞外。无边的大漠，连着天幕，在苍茫大地上，只有一座孤零零的墓,上面长满了青草。

昭君之所以会出嫁塞外,都是因为汉元帝的昏庸,选妃的时候只看图画不看人,把宫女们的命运全部交给画工来摆布。可怜的昭君,远嫁后一刻也没有停止对家乡的想念,魂灵还会在月夜回到生她养她的地方。

听着琵琶弹奏的曲调,无论是谁都能听出其中有昭君的满腔怨恨。她恨一直没有见过面的皇帝,更恨自己再也不能回到故乡。

鉴赏

这首诗借歌咏王昭君来抒写诗人的怀抱。

首句气势磅礴,说险急的江流在群山万壑间,奔向荆门山的雄奇壮丽的图景。雄奇之地应该出现英雄,可是诗人却笔峰一转,带出了一个弱女子。第三、四句进一步解释了诗人为何这样写的原因,原来昭君嫁到匈奴,一去就不再回了。第五、六句略带怨愤之意,也暗示了唐玄宗的昏聩。最后两句借琵琶的曲调,点明全诗写昭君"怨恨"的主题。

阁 夜

杜 甫

岁暮阴阳①催短景②,
天涯霜雪霁③寒宵。
五更鼓角声悲壮,
三峡星河④影动摇。
野哭千家闻战伐,
夷歌数处起渔樵。
卧龙跃马⑤终黄土,
人事音书漫寂寥⑥。

注释

① 阴阳:指日月。

② 短景:冬季日短,故称短景。

③ 霁:雨过天晴。

④ 星河:银河。

⑤ 跃马:指公孙述。公孙述在西汉末年乘乱据蜀,称白帝。

⑥ 漫寂寥:任其寂寞寥落。

素描

光阴荏苒,又是一个冬季,夜长昼短,更觉得日子过得那么快。此时的夔州,风雪刚刚停歇,寒冬的夜晚四周静悄悄的,雪光朗朗如昼。

正值五更,大雪将天空洗刷得一尘不染,天上的银河格外澄澈。群星璀璨,相互映照着峡江,星星的影子落在了湍急的江流中,随着流水摇曳不定。突然,一阵响亮的鼓角声划破了晴朗的夜空,那声音如泣如诉,叫醒了熟睡中的战士们,催他们快起来整装待发。

拂晓之前,一听说要打仗了,立即引来了千家万户的老百姓痛哭,哭声传彻四野,听见的人都跟着他们一起伤心,哭声中还夹杂着当地所特有的渔夫樵子的"夷歌"。

打仗赢了,又有什么意义呢?想当年诸葛亮、公孙述都是一世之雄,而现如今在哪里呢?还不是化作了黄土中的白骨!人生在世免不了一死,我眼前的这点寂寥孤独,又算得了什么呢?

鉴赏

好友相继亡故,诗人回想往事,心情沉重,写下了这首诗。

首句形象说明光阴荏苒,岁月逼人。次句指霜雪刚停,夜晚寒冷,月光明朗,描绘了一幅凄凉的夜景。第二联上句"鼓角"说明世事并不太平,军队活动频繁。下句所描写的景象极其美丽。上句下句对比,可见诗人悲壮深沉的情怀。第三联也用了对比,用少数民族渔夫樵子嘹亮的歌声,来衬托战争引起千家痛哭的场面，一正一反不禁让人对战争倍加厌恶。最后一联由今及古，"卧龙"指"诸葛亮"，"跃马"指在四川称帝的"公孙述"，通过回想英雄人物，流露出人生短暂、忧伤悲愤的情绪。

登 高

杜 甫

风急天高猿啸哀,
渚①清沙白鸟飞回②。
无边落木③萧萧④下,
不尽长江滚滚来。
万里悲秋常作客,
百年⑤多病独登台。
艰难苦恨⑥繁霜鬓,
潦倒⑦新停⑧浊酒杯。

注释

① 渚:水中的小块陆地。

② 鸟飞回:鸟(在急风中)飞舞盘旋。

③ 落木:落叶。

④ 萧萧:草木摇落的声音。

⑤ 百年:这里借指晚年。

⑥ 苦恨:极恨。

⑦ 潦倒:衰颓,失意。

⑧ 新停:刚刚停止。杜甫晚年因病戒酒,所以说"新停"。

素描

我独自一人登上了高台,猎猎大风将我的头发吹散,衣服吹乱。天高秋爽,峡中传来了一阵猿猴悲哀的长啸。极目远眺,清澈的绿水映衬着白色的沙滩,空中盘旋着迎风飞翔、不住回旋的一群水鸟。

秋风萧瑟,抬头望去,茫无边际、萧萧而下的树叶随风飞舞;向下望去,前面就是奔流不息、滚滚而来的长江。

望着眼前的秋景,我不由得想到自己沦落他乡、年老多病的处境,怎么能不伤心呢?我的孤独和忧愁就像落叶,纷纷扬扬;又像流水,滔滔不息。

国难家愁,使头上的白发越长越多,想靠喝酒来麻痹自己,可偏偏又因病暂停了浇愁的酒。

鉴赏

这首诗通过写诗人登高看到的秋景,倾诉了诗人长年漂泊、年老孤独的境遇。前四句写景,后四句抒情。

首联是一幅精美的图画。其中风、天、渚、沙、猿啸、鸟飞,天造地设,自然成对。第二联集中表现秋天的典型特征。第三联开始抒情,情景交融,感人肺腑。尾联写诗人个人经历,他不得不因贫因病戒酒,而愁思却无法排解。

登岳阳楼

杜 甫

昔闻洞庭水，
今上岳阳楼。
吴楚东南坼①，
乾坤②日夜浮。
亲朋无一字③，
老病有孤舟。
戎马④关山⑤北，
凭轩⑥涕泗⑦流。

注释

① 坼：分裂。
② 乾坤：指日月。
③ 字：书信。
④ 戎马：战马，代指战争。
⑤ 关山：在今宁夏南部。
⑥ 凭轩：倚窗。
⑦ 涕泗：眼泪鼻涕。

素描

多年以前就听说洞庭湖的名胜，一直令我心驰神往。今天居然得偿所愿，登上高高的岳阳楼，饱览这一片湖光山色。

广阔无边的洞庭湖水，划分开了吴国和楚国的疆界，日月星辰互相交替，但都像整个地漂浮在湖水中一般。

可是我却一点也不高兴，没想到已经两鬓斑白，还一事无成，昔日的抱负，今天都成了泡影！就算是对着这么秀丽的风景,我也没有从前的兴致了。想到年老多病的自己就像一片在湖面上不停漂浮的落叶,东漂西荡,沧海桑田,亲戚朋友们也音信全无,物是人非呀!

万里关山仍然默默地躺在那里,静静地目睹天下的战乱纷争,眼瞧着百姓生活在水深火热之中,昔日那个壮志雄心的少年郎到哪里去了呢?现在的我又能干什么呢?只能靠着栏杆,向北望着长安,老泪纵横。

鉴赏

这首诗意境阔大宏伟。

第一、二句还平淡无奇,第三、四句就显得出奇了,把洞庭湖水浩瀚无边的巨大形象逼真地描绘了出来。第五、六句笔锋一转,由美景想到自己悲惨的境遇。虽然杜甫政治生涯坎坷,但从来没有放弃昔日的抱负,所以最后两句,诗人写自己眼望着万里关山,天下到处兵荒马乱,只能凭倚在栏杆上,北望长安,不禁声泪俱下了。

江南①逢李龟年

杜 甫

岐王②宅里寻常见,
崔九③堂前几度闻。
正是江南好风景,
落花时节④又逢君。

注释

① 江南：这里指湖南一带。杜甫和李龟年重逢是在潭州(今湖南长沙)。

② 岐王：唐玄宗的弟弟李范，封岐王。

③ 崔九：指殿中监崔涤，唐玄宗的宠臣。"九"是他在兄弟中的排行。

④ 落花时节：指暮春。

素描

怎么也没有想到，几十年以后，我竟然还能在江南与李龟年重逢。

遥想当年，国泰民安，国家繁荣昌盛，自己也很年轻，曾经在岐王和崔九家中的宴席上听过他唱歌，他的歌声有如天籁。现在回想起来，在这动乱年代，那简直是遥不可及的梦境。

梦一样的回忆，毕竟改变不了眼前的现实。经过多年的颠沛流离，他已经不再是那位歌声动听的艺术家了，站在我面前的已是位饱经风霜、满头白发的老人了,而我也早已不是踌躇满志的翩翩少年了。

正当春天,一片灿烂春光,江南的秀丽风景就像一幅画,但在兵荒马乱之际,人们根本无心欣赏,满眼都是凋零的落花,和面前白发皤(pó)然的老人。唉,我们怎么会如此不幸,落到了现在的地步!

鉴赏

这首诗包含着时代变迁的丰富内容。李龟年,唐玄宗时著名乐师,擅长唱歌。安史之乱后,流落江南。杜甫在青少年时期曾和他多次出入于王公府第。

诗的前两句写安史之乱前的事情,看似随口说出,实际含蕴了深重的感情。李龟年既是社会繁荣、生活安定的开元时期的代表,也映衬了杜甫愉快的青少年时期。

诗的后两句忽然拉回到现实。经过战乱以后,诗人和李龟年都已变老,在颠沛流离中两人重新相会,一切辛酸都在不言之中。"落花时节"暗示两人都已经人到暮年,还预示着唐代已经由盛到衰。全诗没有一笔正面涉及时事身世,但却写了四十年的时代沧桑与人生巨变,浑然无迹而又意味深长。

白雪歌送武判官归京

岑参

北风卷地白草①折，
胡天八月即飞雪。
忽如一夜春风来，
千树万树梨花开。
散入珠帘湿罗幕，
狐裘不暖锦衾薄。
将军角弓②不得控③，
都护④铁衣冷难着⑤。

瀚海⑥阑干⑦百丈冰,
愁云惨淡⑧万里凝。
中军置酒饮⑨归客,
胡琴琵琶与羌笛。
纷纷暮雪下辕门⑩,
风掣⑪红旗冻不翻⑫。
轮台东门送君去,
去时雪满天山路。
山回路转不见君,
雪上空留马行处。

注释

① 白草：一种牧草，干熟时变为白色。
② 角弓：一种以兽角作装饰的弓。
③ 控：拉开（弓弦）。
④ 都护：唐朝镇守边疆的长官。
⑤ 着：穿。
⑥ 瀚海：指沙漠。
⑦ 阑干：纵横交错的样子。
⑧ 惨淡：暗淡。
⑨ 饮：宴请。
⑩ 辕门：领兵将帅的营门。
⑪ 掣：拉，扯。
⑫ 翻：飘动。

素描

北风呼啸，席卷大地，白草虽坚韧，也被吹断了。仲秋八月，胡地就飘起纷纷扬扬的大雪了，仿佛一夜之间，春风忽然来到,吹开了漫山遍野千树万树雪白的梨花。

那片片飞雪飘进幕帏慢慢消融,让人感觉这里特别冷,穿着名贵的狐皮袍也不能有一丝的暖意,盖着锦面的被子也会令人感到单薄。

手指都被冻得通红,僵得动不了,将军也拉不开坚硬的弓。铠甲更加刺骨,穿在身上就像针扎进了皮肤,深入到了骨髓,钻心地凉,都护也不想把它披挂起来。

浩瀚的沙海中冰雪遍地,天空中阴云密布,看来天气暂时不会好转。如此恶劣的天气,长途跋涉将会何等艰辛哪!

中军的帐子里,正为返回京师的人设宴。演奏助兴的,都是边塞特有的琵琶、羌笛和胡琴。外面正是大雪纷飞,旗杆上的红旗也冻住了,不再飘展。

我在轮台送朋友回京城。大雪封山,这路可怎么走哇!山势回转,道路盘旋,不一会儿你的身影就消失在风雪之中,只有那皑皑的雪地上,还留着你坐骑的足迹。

鉴赏

这是一首咏雪送人之作,全诗充满奇思妙想。诗人观察敏锐,笔力矫健,再现了边地瑰丽的自然风光,充满浓郁的边地生活气息。

　　开篇不写白雪先写大风,写出八月北方满天飞雪的场景。第二联比喻更奇特,诗人以人们熟悉的"梨花"比喻飞舞的雪花,充满浪漫主义色彩,意境非常壮美。第三、四联由帐外写到帐内,进一步从人们的感受上描写边地将士们的苦寒生活。第五联场景再次移到帐外,延伸向广远的沙漠和辽阔的天空。第六、七联写主帅营帐置酒饮别的情景和此次送别特有的军旅之气。最后两联写大雪封山,可是客人还得回去,前路漫漫,诗人只有深情目送。

枫桥①夜泊

张 继

月落乌啼霜满天,
江枫渔火对愁眠②。
姑苏③城外寒山寺④,
夜半钟声⑤到客船。

注释

① 枫桥:在今江苏苏州阊门外。
② 对愁眠:对江枫渔火而愁,不能入眠。
③ 姑苏:苏州的别称,因苏州有姑苏山而得名。
④ 寒山寺:在今江苏苏州阊门西十里,枫桥附近。相传唐代僧人寒山曾住于此。
⑤ 夜半钟声:唐代寺院习惯夜半打钟。

素描

一个深秋的夜晚,我将小船泊在了姑苏城外的枫桥边。这时明月已经西沉,整个天地只剩下一片灰蒙蒙的光影。

乌鸦栖息在岸边的一棵树叶凋零的枯树上,大概是因为寒冷的关系,叫得一声比一声凄惨。

寒霜布满了大地,茫茫的夜气中弥漫着寒冷,冻彻肌骨。漂泊在他乡,看着这样萧瑟的景色,伤心往事和孑然一人的寂寞一起涌上了心头,剪不断,理还乱。真是一言难尽哪!

江上的渔火星星点点,忽明忽暗;江边的枫叶在朦胧的雾气中萧瑟凋残。满怀离乡背井的忧愁,让我怎么能安心入眠?

四周围一片寂静。突然,远处传来了一阵钟声,悠扬铿锵,飘进我停泊的小船,这一定是城外寒山寺的钟声了。

鉴赏

这是一首意境清远的小诗。

首句写了三种意象:月、乌、霜。三个意象衬托出环境的幽暗静谧。第二句描绘"枫桥夜泊","江枫"和"渔火"对立,描写非常传神,一静一动,一暗一明,一江边一江上,景物的构建搭配非常符合画理。其中"对愁眠",点明了诗人当时愁苦的情绪。

后两句没有前两句意象那么紧密。在景幽夜凉的时候,远处传来了一阵阵寺庙的钟声,这个钟声从听觉上为诗歌创造了一种有声的意境,夜半钟声仿佛也回荡着历史的回声、宗教的沉思,为幽静淡美的意境中增添了一些古雅和庄严的气氛。

寒食①

韩翃

春城②无处不飞花，
寒食东风御柳③斜。
日暮汉宫④传蜡烛⑤，
轻烟散入五侯⑥家。

注释

① 寒食：即寒食节,在冬至后的第一百零五或一百零六天。清明节前一至两天,古代习俗要禁火,只吃冷食。

② 春城：指春天的京城。

③ 御柳：皇城里的柳树。

④ 汉宫：这里用汉代皇宫来借指唐代皇宫。

⑤ 传蜡烛：指宫中传赐新火。

⑥ 五侯：一说指东汉外戚梁冀一族的五侯。另一说指东汉桓帝时因为五位宦官单超等诛梁冀有功,五人同日封侯,世称"五侯"。这里泛指权贵豪门。

素描

暮春时节的长安,真是一个花的海洋,落花漫天飞舞,姹紫嫣红,真是美极了!寒食节这天,习习的东风轻轻吹斜了皇城的柳丝。宫柳在春风的拂动中,显得更加翠绿逼人。

夜幕渐渐地降临，但今天是寒食节禁火，只有得到皇帝的许可，才能例外。除了皇宫，也就贵近宠臣才可以得到这份恩典。"得得得"，宫里的马车载着皇帝赏赐的蜡烛奔走于重臣府第之间。袅袅飘散的轻烟，从他们的家中相继飞了出来。

看着骏马繁忙的身影，我仿佛闻到了空气中弥漫的烛烟味。唉，真是国家的不幸啊，当官的竟然可以优先破例享受这样的待遇！

鉴赏

寒食是我国古代一个传统的节日，按风俗家家不能点火，只能吃现成的冷食。

这首诗第一句就描写了寒食节长安迷人的风光。第二句把目光从长安街头移向皇城，皇城的柳树暗示皇宫里热闹非凡。第三句从宫外移到宫内，描绘了宫廷里面一幅走马传烛图，暗示了封建等级的深严，突出了皇帝的权威。最后一句进一步表现了封建官吏们享受的特权，使人联想到中唐政治上的日趋腐败。

滁州①西涧②

韦应物

独怜③幽草涧边生,
上有黄鹂深树④鸣。
春潮带雨晚来急,
野渡无人舟自横。

注释

① 滁州:今安徽滁县。
② 西涧:在滁县城西。
③ 怜:爱。
④ 深树:茂密的树丛深处。

素描

春天踏着她轻盈的步伐在不知不觉中来到我们的身边,春风吹绿了柳树,吹开了花朵,繁花似锦,争奇斗艳,好一派无限春光!

可是又有谁注意到涧边有一片芳草默默地生长着,像一群与世无争的孩子怡然自乐,在这儿慢慢地蔓延开去,化成了一片绿茵。

忽得听见一阵欢快的啼叫,循着声音抬头望去,原来是一对快乐的黄莺,它们小巧、嫩黄的身子蹲在了枝头,叽叽喳喳,张着小嘴在无忧无虑地歌唱。

暮色由远而近,朦胧的远山更加空寂了,匆匆而至的晚雨,打湿了一切背景。雨水倏忽挤满了小河,横冲直撞,奔突而流,争先恐后地奔向远方。而在郊野渡口,本来行人就不多,此刻更是空无一人,就连船夫也不知哪里去了。只剩下空空的渡船悠然自在地漂泊在河面,任由春水冲来荡去。

鉴赏

这首诗是韦应物的代表作之一。

第一、二句说春天有各种各样繁荣的景物:婉转的鸟鸣声,五彩缤纷的花朵。诗人却偏偏喜欢默默无闻生活在涧边的小草。这两句诗也许有一点讽喻的味道:赞美安贫守节的小草,讽刺媚时奉承的黄鹂。如果是这样,诗人则因此表露了自己的胸襟。

后两句描写景色,也稍微有点讽喻的意思,透露出不在其位、不得其用的无奈和忧伤的情怀。

在前、后两句中,诗人都用了对比手法,并用"独怜""急""横"这样的字眼加以强调,炼字准确,表达精当。

塞下曲

卢纶

月黑雁飞高,
单于①夜遁②逃。
欲将轻骑③逐,
大雪满弓刀。

注释

① 单于：匈奴的首领。这里泛指侵扰唐朝的游牧民族首领。
② 遁：逃跑。
③ 轻骑：轻装快速出击的骑兵。

素描

经过了长期艰苦卓绝的战斗，单于的军队已经全线崩溃，我们即将取得最后的胜利。

在一个阴森肃杀、月黑风高之夜，四下里寂静无声。突然，原已栖息的寒雁却惊飞起来。原来是敌人的首领单于想趁着这无月无光的寂静之夜仓皇逃遁。

敌人的一举一动都在我军的严密监视之下，他们的逃遁又怎么能瞒得过我军的眼睛？尽管有夜色的掩护，他们的行动还是被我军敏锐地察觉到了。一队轻骑兵奉命追击敌人，他们执刀跨马，整装待发，个个气宇轩昂，威风凛凛，勇猛无敌。这时候天气突变，一时间，大雪纷飞，鹅毛般的雪花漫天飞舞,战士们闪亮的弓刀上瞬间落满了洁白的雪花。雪花在弓刀的银光中越发刺目,映照着战士豪情万丈的面庞。

鉴赏

《塞下曲》共有六首,这是第三首。卢纶虽然是中唐诗人,但他的边塞诗依然具有盛唐气象,雄壮豪放,字里行间充溢着英雄气概,读后令人振奋。

第一、二句描写敌方,第三、四句描写我方。从这首诗看,卢纶很善于捕捉形象,抓住时机。诗人没有描写军队如何出击、战争如何进行的场面,而是选择战斗结束、敌方溃败的时刻,言有尽而意无穷,极富意趣和魅力。

江南曲

李益

嫁得瞿塘贾①②，
朝朝误妾期。
早知潮有信③，
嫁与弄潮儿。

注释

① 瞿塘:峡名,又称广溪峡、夔峡,是长江三峡之首,在今重庆奉节。
② 贾:商人。
③ 信:信期,约定的归期。

素描

我从小住在瞿塘一带,看惯了江南的山山水水。

如今,我已经嫁给了瞿塘商人,可是他总是要到很远的地方去做生意,长年都在外面经商。虽然他这样很辛苦,都是为了我,为了这个家,每次写信回来都告诉我要回来了,可是却言而无信,总是一而再,再而三地延误归期。结果还不是我一个人独守空闺,品尝寂寞,害我早早地就梳妆打扮,却空欢喜一场。"女为悦己者容",他不回来,打扮得再漂亮又有什么用呢?

希望与失望在心头轮流交替,这才知道等待是最折磨人、最痛苦的事了!

早知道嫁给商人是这样的痛苦,我还会嫁给他吗?如果知道潮涨潮退有规律,我还不如嫁给弄潮的男儿呢!至少,他们会随有信的潮水按时来去。

鉴赏

这是首闺怨诗。唐代闺怨诗一般有两种,一是思征夫词,一是怨商人语。

全诗借用民歌体的语言表达了一个商人妇对丈夫的怨恨。诗的前两句,语言平淡朴实,没有任何修饰和烘染。后两句,曲折传神地表达了少妇的怨情。

这首诗妙处在于看起来无理荒唐,其实却是直率真切,情深意重。

游子吟①

孟 郊

慈母手中线,
游子身上衣。
临行密密缝,
意恐②迟迟归。
谁言寸草③心,
报得三春晖④。

注释

① 吟:诗体之一。
② 恐:怕。
③ 寸草:小草,比喻游子。
④ 三春晖:指春天的阳光,也象征母爱。三春,春天。因春季有三个月,故称。

素描

母亲拨亮了桌上那盏昏暗的油灯,温暖顿时洒满了整个房间。

灯光下,年迈的母亲手中拿着线,颤颤地瞄准了针眼,一次,又一次,又一次……穿好线后,她又低着头,一针一针,仔仔细细地缝,生怕缝得不严密。母亲把她的深情用针线缝进衣服了。看着她满头的银发和被岁月风雨刻满皱纹的脸,我的泪水止不住流淌下来。

缝好了,母亲比试了一下,觉得很满意,才把衣服套在了我的身上,帮我穿好。我要走了,母亲声音哽咽地一遍又一遍嘱咐:"儿啊,记得早点回来,在外一定要当心哪!"

我知道,自己就是一棵土生土长的小草,对于春天阳光般深厚博大的母爱,我又怎能报答得了呢?

鉴赏

这是一首对母爱的颂歌,千百年来一直脍炙人口。诗人在饱尝世态炎凉、生活困苦之后写出,语言虽平实,但感情却格外真挚。

第一、二句把两件很普通的事物突然并拢在一起,一个是"慈母手中的线",一个是"游子身上穿的衣服",体现母子相依为命的骨肉之情。第三、四句更进一步强调。最后两句"谁言寸草心,报得三春晖"是千古名句,表达了儿子对母亲深切的感激之情。

题破山寺后禅院①

常建

清晨入古寺②,
初日照高林。
曲径通幽③处,
禅房④花木深。
山光悦鸟性,
潭影空⑤人心⑥。
万籁⑦此都寂,
但余钟磬⑧音。

注释

① 禅院:寺院。

② 古寺:指破山寺,今名兴福寺,在今江苏常熟虞山北麓。

③ 通幽:通向深静的地方。

④ 禅房:僧人住的房舍。

⑤ 空:不留丝毫。

⑥ 人心:人的世俗之心。

⑦ 万籁:指各种声响。

⑧ 钟磬:寺院诵经,敲钟开始,敲磬停歇。磬,佛寺中的铜乐器。

素描

旭日初升,我就登上了虞山。清晨的阳光,清澈而澄净,透过疏疏密密的树林,照在了古寺,也照在了我身上。

穿过竹丛中的小道,路的尽头就是幽深的后院,那里就是唱经礼佛的禅房,花木繁盛。

寺后的青山在艳阳高照下焕发着迷人的光彩,鸟儿在林中自由自在、无忧无虑地飞鸣欢唱;走到了清澈见底的潭边,只见天地之间只有自己的身影映在水中,湛然空明,心中的一切尘世杂念顿时都被洗涤得干干净净。

此情此景,使我摆脱了一切烦恼,像鸟儿那样自由自在。这时,大自然和人世间所有的其他声响好像全都消失了一样,只有寺庙中钟磬的声音,久久回荡在这片万籁俱寂的净土上。

鉴赏

这首诗写了诗人清晨在寺庙游玩的观感,笔调古朴,描写完整,别具一格。

第一、二句点明诗人参观古寺的时间是太阳初升的早晨。"高林"在这里有两层含义:一是寺庙中高大茂密的树木,一是指禅院(佛家称僧徒聚集的处所为"丛林")。第三、四句描写了诗人在寺庙中看到的景物。第五、六句不再实写寺庙,开始虚写佛性,诗人深受寺庙风景的感染,仿佛忘却了一切尘世的烦恼。最后两句从视觉的感受转到了听觉上的升华,不仅寺庙的风景让人陶醉,就是古寺的钟声也陶冶了诗人的情怀。

左迁至蓝关示侄孙湘

韩 愈

一封①朝奏②九重天③,
夕贬潮州路八千。
欲为圣明④除弊事⑤,
肯⑥将衰朽惜残年⑦!
云横秦岭家何在?
雪拥蓝关马不前。
知汝远来应有意⑧,
好收吾骨瘴江边⑨。

注释

① 封：这里指韩愈的谏书《论佛骨表》。
② 朝奏：早晨上奏。
③ 九重天：这里指皇帝。
④ 圣明：指皇帝。
⑤ 弊事：有害的事，指迎奉佛骨的事。
⑥ 肯：岂肯、哪能。
⑦ 惜残年：顾惜老年的生命。
⑧ 应有意：应该有所打算。
⑨ 瘴江边：指岭南。潮州在岭南，古时说岭南多瘴气。

素描

那一封谏书，早上才上奏，晚上我却已经在去八千里之外的潮州路上了。这一切都是我自己招来的。

哎，有谁会料到事情瞬息万变呢？尽管招来了一场弥天大祸，可是自己决不后悔，我没有错，只是为了除去弊端才这样做的。即便现在已经老了,也决不为求得晚年的安逸而出卖自己,反正就这么一副空皮囊了。

回头望去,云雾缭绕,看不见家在哪里,也看不见长安。立马蓝关,向着前方极目眺望,大雪漫天,纷纷扬扬,将山峦叠嶂重重包裹,想来前方路途艰难哪!

侄孙哪,知道你特地赶来与我同行,这份情意此时此刻就像雪中送炭一般,可是爷爷已经老了,这次要跋山涉水,路途凶险,恐怕没什么机会能再回来了,一定会客死异乡,到时候,你可要到瘴江边收我的尸骨哇!

鉴赏

韩愈晚年因为反对佛教触怒了皇帝,由刑部侍郎职位被贬成潮州刺史。这首诗就写在去贬地的途中。

第一、二句韩愈写了自己获罪被贬的原因和被贬的地点。第三、四句表明了自己刚正不阿的态度。第五、六句笔锋转向即景抒情,描写了旅程的艰辛。最后两句表明了自己的决心。

全诗沉郁顿挫,感情深厚抑郁,叙事、抒情、写景融合为一,大气磅礴,是不可多得的佳作。

酬乐天扬州初逢席上见赠

刘禹锡

巴山楚水①凄凉地,
二十三年弃置身。
怀旧空吟闻笛赋②,
到乡翻似烂柯人③。
沉舟侧畔千帆过,
病树前头万木春。
今日听君歌一曲④,
暂凭杯酒长⑤精神。

注 释

① 巴山楚水：诗人曾被贬夔（kuí）州、朗州等地，夔州古属巴郡，郎州属楚地，故称"巴山楚水"。

② 闻笛赋：此处借指怀念老友。

③ 烂柯人：晋人王质观棋，局终斧柄朽烂，回家才知已过百年。此处作者以王质自比，意指被贬离京虽只有二十余年，但人事沧桑，却有隔世之感。柯，斧柄。

④ 歌一曲：指白居易的《醉赠刘二十八使君》。

⑤ 长：增长，振作。

素 描

唉，时间一晃而过，算算自己在巴山楚水这块荒凉的地方，已经住了有二十三年了。

现在好不容易回来了，许多老朋友竟然都已过世，只能徒然地吟咏"闻笛赋"来表示悼念。此番回来，恍如隔世，觉得人事全非了。伤心、感慨一齐涌上心头，我一生中最宝贵的年华就这样在颠沛流离中度过了，青春一去不复还,现在大家都已经是满头花发的老人了。

但也不必为了自己的寂寞、蹉跎而忧伤,从此一蹶不振。我就像那沉舟停在了河畔,水上还有千帆竞发;那些病歪歪的树前,正有大片的树木在萌发新芽。伤心有什么用呢?我们一定要自己打起精神,百折不挠地迎接人生的每一次挑战。

今天听了你的诗,不胜感激,暂且借酒来振奋精神吧!

鉴赏

刘禹锡曾经被一贬再贬,最后终于可以返回洛阳。途中,在扬州碰到了好友白居易。白居易在筵席上送给他一首《醉赠刘二十八使君》,刘禹锡就写了这首回赠诗。

第一、二句,诗人诉说了的生平。第三、四句写了诗人重新回来后,发现许多老朋友已经去世,不禁觉得恍如隔世,物是人非。第五、六句暗示新生事物最终要取代旧事物。第七、八句点明了题意,说明这首诗是酬赠诗。

竹枝词二首（其一）

刘禹锡

杨柳青青江水平，
闻①郎江上唱歌声②。
东边日出西边雨，
道是无晴③还有晴。

注释

① 闻:听到。

② 唱歌声:西南地区民歌最为发达。男女的结合,往往通过歌唱,恋爱时更是用唱歌来表情达意。

③ 晴:与"情"谐音。无晴、有晴即指无情、有情。

素描

江岸上站着一排碧绿的杨柳,绿得可以渗出水来。它们就像美丽的少女,婀娜多姿,微风轻轻地吹拂着垂到地面的枝条,就像那少女的青丝一样。

江中的流水,平静得有如一面镜子,照着岸边的杨柳,也照着少女美丽动人的身影,少女的脸上露出了等待的焦躁神情,她是在等谁呢?

忽然听到了江边传来了歌声,是多么熟悉的声音哪!这个声音每天都要在少女的心头绕上千遍万遍,仿佛扎了根似的,挥之不去。是他,一定是他,姑娘不由地踮起脚尖。

他到底喜欢我吗？今天他从江边走过来,还唱着歌,似乎对自己有意思。这个人哪,倒是有点像晴雨不定的天气,说它是晴天吧,西边还下着雨,说它是雨天吧,东边又还挂着太阳,真让人有点捉摸不定。

鉴赏

竹枝词是巴渝(今重庆一带)的一种民歌。

这首诗写的是一位沉浸在初恋中的少女的心情。第一句写女孩眼中看见的景色,为后一句奠定诗意的环境。第二句写女孩耳中听到的声音。第三、四句突然描写天气,看上去和前两句没有关系,实际暗示了少女害羞的心思。第四句"无晴""有晴"实际采用了谐音双关的修辞手法,就是"无情""有情"。因为谐音的运用,少女的迷茫、眷恋、忐忑不安,希望和期待都形象地刻画了出来。

秋词（其一）

刘禹锡

自古逢秋悲寂寥①，
我言②秋日胜春朝③。
晴空一鹤排④云上，
便引诗情⑤到碧霄⑥。

注释

① 寂寥：冷清萧条。
② 言：说。
③ 春朝：春天。
④ 排：推开。
⑤ 诗情：志气。
⑥ 碧霄：蓝天。

素描

　　自古到今，一到了秋天，人们看到树叶在寒冷的秋风中由绿转黄，瑟瑟作抖，直至掉了下来，化为泥土，不免感到寂寥，死气沉沉的。但是，我却要说秋天胜过春天百倍。

　　秋日晴朗的天空中，万里无云，天际如此开阔。看，那振翅高飞的鹤呀，正拍着健硕的翅膀，排云直上，矫健凌厉。虽然它是如此孤独，但却顽强奋斗，冲破了秋天的肃杀，让我的精神也为之一振，恨不得长出一双翅膀，和它一起冲上云霄。这明丽的秋景,不由让人诗兴大发,精神振奋。

鉴赏

这是一首即兴抒怀的小诗,既有深刻的哲理,也有高尚的情操。

这首诗一开始就说出了从古到今,很多诗人在秋天看到了萧条、寂寞、死气沉沉,因为他们对现实失望,对前途悲观。诗人虽然很同情他们的遭遇,但是对他们的感受并不赞同,他觉得秋天实际比春天还更应该值得人们去欢欣、去歌颂。为什么呢?第三、四句就给了原因:秋天天气凉爽,天空中有只振翅高飞的仙鹤,虽然这只仙鹤是孤单的,但是它永不言败,顽强奋斗,冲破了秋天萧条的气氛。

以前文人写秋天大多感觉悲伤,情绪低落。这首诗与众不同,唱出了昂扬的励志赞歌。

浪淘沙①(其一)

刘禹锡

九曲黄河万里沙,
浪淘风簸②自③天涯。
如今直上银河去,
同到牵牛织女④家。

注释

① 浪淘沙:唐代教坊曲。
② 簸:吹荡。
③ 自:从。
④ 牵牛织女:指牵牛星、织女星。

素描

滔滔黄河,扁舟一叶。

我独立船头,迎风而行。已届不惑之年,太多的颠沛流离已经在我脸上刻下岁月的沧桑。此刻,我望着河水,思绪万千……

万里黄河滚滚而下,挟带着泥沙,汹涌澎湃。可怜的小船随风颠簸,被巨浪抛上抛下。这一望无际的河水,原来是从天边发源的。多么雄阔壮丽的画卷哪,我怎能不去那黄河之源看看!银河之上,是牛郎织女的家,我们泛舟直上去探访吧。风浪不是阻挡我前进的障碍,而是坚定我信心的动力。太高兴了,马上就要见到牛郎织女了。

我们把酒当歌,岂不快活?

人间的生活怎么能和神仙的生活相比。让那些阿谀谄媚的凡夫俗子们去勾心斗角吧,他们怎么能体会得到泛舟直上银河的乐趣呢?

鉴赏

永贞元年(805),刘禹锡参加了王叔文改革。改革失败后,被贬到夔州,写了这组《浪淘沙》,表现了诗人不畏挫折、傲然向前的品质。

第一句的视角是俯视。诗人想象自己从高空俯视黄河,看见了黄河奇丽壮观的景象:黄河曲折多变,河水波涛汹涌,回旋激荡,冲击周围的山体,卷起了万里黄沙。第二句的视角陡然一变,诗人想象自己在黄河之中逆浪而行,使尽全力随着黄河到达天上。第三、四句回答了读者的疑问,解释了作者为什么要到天上去,原来诗人希望通过黄河能够到达银河,拜访传说中的牛郎织女。

石头城

刘禹锡

山围故国周遭①在，
潮打空城寂寞回。
淮水②东边旧时③月，
夜深还过女墙④来。

注释

① 周遭：四周。此处指石头城四边残破的城墙。
② 淮水：秦淮河。流经石头城，六朝时极为繁荣。
③ 旧时：六朝之时。
④ 女墙：此处指石头城上的矮墙。

素描

这里曾经是战国时代楚国的金陵城，三国时改名为石头城，并在此修筑宫殿，那时车来人往，人声鼎沸。这座故都周围的群山，依然围绕着它。它们站在那里，静静地目睹石头城的繁华，同样也见证了它的衰败。

它现在早已经成为一座空城，潮水拍打着城墙，仿佛也感觉到了它的荒凉，碰到冰冷的石壁，又带着寒心的叹息默默地退去。山川依然，可是旧日的繁华已荡然无存，连一点痕迹也没有留下。

空中回荡着空寂的潮声，仿佛历史老人的声声长叹。这里曾经是六朝王公贵族们醉生梦死的游乐场，曾经彻夜笙歌、达旦曼舞,现在只剩下一片凄凉。当年从秦淮河东边升起来的明月,如今依旧多情地从残缺的城垛后面升起,照着破旧的古城。

鉴赏

石头城就是金陵城,诗一开始就把读者置于苍茫悲凉的氛围之中。

第一句说金陵城从繁华到荒凉的变化。第二句说潮水拍打着城廓,仿佛也感觉到它的悲凉。第一、二句写山写水,第三、四句就开始写月了,金陵城已经破败,只有月亮依然多情地升起,照耀着古城,仿佛在诉说昔日的繁华。第四句的"还"字赋予了诗歌物是人非的沧桑感。

这首诗成功之处在于把没有感情的事物描绘成有感情的事物,每一句都是一幅画,融合了故国萧条、人生凄凉的深沉感伤。

乌衣巷①

刘禹锡

朱雀桥②边野草花，
乌衣巷口夕阳斜。
旧时王谢③堂前燕，
飞入寻常百姓家。

注释

① 乌衣巷:在今江苏南京市区东南。东晋时世族豪门所居之地。

② 朱雀桥:秦淮河上的浮桥,在六朝时都城正南朱雀门外。在乌衣巷附近,当时是交通要道。

③ 王谢:六朝时两大望族,此处指东晋宰相王导和谢安,当时均住在乌衣巷。

素描

朱雀桥横跨在秦淮河上,一头通向市中心,一头通往乌衣巷,可是已经物是人非了。往昔的繁华,到哪里去寻觅呢?又是一个春天,桥边长满了杂草野花,景象已十分荒凉。

想当年乌衣巷车马喧闹,拥挤不堪。现在,夕阳西下,行人寥寥无几,余晖落在这个曾经的繁华之地,冷清寂寞。

想当年乌衣巷可都是一些非富则贵的人住的地方,

不是一般人能够进来的。现在,空中掠过几只燕子,它们飞进了平常百姓屋檐下的鸟巢。要知道,这些燕子过去可是栖息在达官贵人高大厅堂的屋檐下的呀。

此番景象不由得让人感叹沧海桑田,荣华富贵就如过眼云烟,当年的达官贵人现在恐怕早已深埋黄土,化作森森白骨了吧。

鉴赏

这首诗是很著名的怀古诗。

第一、二句是工整的对偶句,描写了南京秦淮河上的两处古迹,构造了一幅荒凉冷落的景象,暗示了时代的变迁、世事的沧桑。第三、四句并不由写景转入抒情,依然是描写景物,不过寓情于景,情景交融。

望洞庭

刘禹锡

湖光秋月两相和①,
潭面无风镜②未磨③。
遥望洞庭山水翠,
白银盘里一青螺④。

注释

① 和：表现出水天一色、玉宇无尘的融和的画境。
② 镜：把湖面比喻成镜子。
③ 磨：磨拭。
④ 青螺：青绿色的螺。这里用来形容洞庭湖中的君山。

素描

秋天的夜晚，气候宜人，天气凉爽，宇宙间的万物都已经进入了酣甜的梦乡，四周静悄悄的，只有那一轮圆月还悬在半空，看护着洞庭的山水。皎皎明月下的洞庭湖澄澈空明，与素月的清光交相辉映，水天一色，一切都被银白的月光浸染得明净空阔，荡漾的月光和湖水互相交融。

湖面上微波不兴，迷迷蒙蒙的，笼罩着一片柔和，宛如一面没有磨拭的铜镜。站在这面"镜子"前，月光下的洞庭湖有一种朦朦胧胧的美。

远远地看到君山一点,在皓月银辉之下,洞庭山愈显青翠,而洞庭水愈显清澈了。好山好水,水乳相融,浑然一体,根本分不清哪里是山,哪里是水。望去如同一只雕镂剔透的银盘里,放了一颗小巧玲珑的青螺,十分惹人喜爱。

鉴赏

刘禹锡贬逐南荒,二十年间,他来去洞庭约六次。《望洞庭》是刘禹锡转任和州(今安徽和县)途中所作。

诗歌第一句交代了这是一个秋天的夜晚,明月当空,湖水澄静。"和"字用得非常精当,表现了水天一色、玉宇无尘、融合无间的意境。第二句视角是"平视",放眼望去,没有起风,湖面迷迷蒙蒙。第三、四句视角是"俯视",在皓月银辉下,洞庭湖水更加清澈,山水浑然一体。

这首诗成功的地方在于诗人想象丰富,比喻巧妙,艺术功力深厚。

观刈①麦

白居易

tián jiā shǎo xián yuè
田 家 少 闲 月，
wǔ yuè rén bèi máng
五 月 人 倍 忙。
yè lái nán fēng qǐ
夜 来 南 风 起，
xiǎo mài fù lǒng huáng
小 麦 覆 陇② 黄。
fù gū hè dān shí
妇 姑 荷③ 箪 食④，
tóng zhì xié hú jiāng
童 稚 携 壶 浆。
xiāng suí xiǎng tián qù
相 随 饷 田⑤ 去，
dīng zhuàng zài nán gāng
丁 壮 在 南 冈。

足蒸暑土气，
背灼炎天光。
力尽不知热，
但惜夏日长。
复有贫妇人，
抱子在其旁。
右手秉遗穗，
左臂悬敝筐。
听其相顾言，
闻者为悲伤。
家田输税尽，
拾此充饥肠。

今我何功德,
曾不事农桑。
吏禄三百石,
岁晏⑥有余粮。
念此私自愧,
尽日不能忘。

注释

① 刈(yì)：割(草或谷类)。
② 陇：田埂。
③ 荷：扛，挑。
④ 箪食：用圆竹器盛的食物。
⑤ 饷田：给在田里劳动的人送食物。
⑥ 岁晏：年底，年终。

素描

　　正值农历五月，麦收的农忙时节，夜幕降临，南风微送，翻动了那金黄色的麦田，卷起一波高过一波的麦浪。小麦和泥土的清香在空气中弥漫，伴随辛勤劳作一天的人们进入香甜的梦乡。白天，大家都忙得不可开交，家中的男子都出去收割了，只剩下女人和小孩留在村子里烧饭烧水，收拾家里。

　　中午，女人挎着篮子，稚嫩的孩子提着笨重的水壶，给在田里工作的青壮年送饭送水。烈日当空，男人们早就脱去了上衣,满是汗水的背脊正对着太阳,黑黝黝的背被阳光照得发亮,刺得人睁不开眼。在一望无垠的麦田里,男人们只管低着头,弓着腰,手也不停歇,连擦汗的时间也没有。虽然筋疲力尽,但是仍希望白昼能再长一点,再多收割一点。

又有一位贫苦的妇人,抱着孩子跟在人旁。右手拿着捡到的麦穗,左臂挂着一个破筐。她说起家里的困难景况,听到的人不由得为她伤心难过。原来她为了缴税把家中田产卖光,不得已只能靠捡拾麦穗来充饥。

此情此景,我不由感慨自己何德何能,在没有种田采桑的情况下,一年俸禄都有三百石,到了年底还有余粮。想到这里,我心中不禁十分惭愧,终日不能忘怀。

鉴赏

《观刈麦》这首诗作于唐宪宗元和二年(807),是白居易任盩(zhōu)厔(zhì)(今陕西周至)县尉时所作。这是一首有感于当地人民劳动艰苦、生活贫困所写的诗,作品指责了官府对老百姓繁重的苛捐杂税,指出这是造成人民贫困的根源。

这首诗开篇先介绍了故事发生的时间及气氛,烘托出一片大丰收的喜悦景象,然后着重描写一户农家起早贪黑、辛苦劳作的繁忙景象。全诗的亮点在于诗人的笔锋一转,描写一对被苛捐杂税折磨的破了产,只能以拾麦为生的母子,表现出诗人对穷苦劳动人民的无限同情。

琵琶行 并序

白居易

元和十年,予左迁①九江郡司马②。明年秋,送客湓浦口,闻舟中夜弹琵琶者,听其音,铮铮然有京都声。问其人,本长安倡女③,尝学琵琶于穆、曹二善才④,年长色衰,委身⑤为贾人⑥妇。遂命酒⑦,使快⑧弹数曲。曲罢悯然⑨,自叙少小时欢乐事,今漂沦⑩憔悴,转徙于江湖间。予出官⑪二年,恬然⑫自安,感斯人言,是夕始觉有迁谪⑬意。因为⑭长句⑮,歌以赠之,凡六百一十六言,命曰《琵琶行》。

浔阳江头⑯夜送客,
枫叶荻⑰花秋瑟瑟⑱。
主人下马客在船,
举酒欲饮无管弦。
醉不成欢惨将别,
别时茫茫江浸月。

忽闻水上琵琶声,
主人忘归客不发。
寻声暗问⑲弹者谁,
琵琶声停欲语迟。
移船相近邀相见,
添酒回灯⑳重开宴。

千呼万唤始出来,
犹抱琵琶半遮面。
转轴拨弦三两声,
未成曲调先有情。
弦弦掩抑㉑声声思㉒,
似诉平生不得志。
低眉信手㉓续续㉔弹,
说尽心中无限事。
轻拢慢捻抹复挑,
初为《霓裳》后《六幺》。
大弦嘈嘈㉕如急雨,
小弦切切㉖如私语。

嘈嘈切切错杂弹,
大珠小珠落玉盘。
间关㉗莺语花底滑,
幽咽㉘泉流冰下难㉙。
冰泉冷涩弦凝绝,
凝绝不通声暂歇。
别有幽愁暗恨生,
此时无声胜有声。
银瓶乍破水浆迸,
铁骑突出刀枪鸣。
曲终收拨当心画,
四弦一声如裂帛。

东船西舫悄无言,
唯见江心秋月白。

沉吟放拨插弦中,
整顿衣裳起敛容㉚。
自言本是京城女,
家在虾蟆陵下住。
十三学得琵琶成,
名属教坊第一部。
曲罢曾教善才服,
妆成每被秋娘㉛妒。
五陵年少争缠头㉜,
一曲红绡㉝不知数。

钿㉞头银篦击节㉟碎，
血色罗裙翻酒污。
今年欢笑复明年，
秋月春风等闲㊱度。
弟走从军阿姨㊲死，
暮去朝来颜色故㊳。
门前冷落鞍马稀，
老大㊴嫁作商人妇。
商人重利轻别离，
前月浮梁买茶去。
去来㊵江口守空船，
绕船月明江水寒。

夜深忽梦少年事，
梦啼妆㊶泪红阑干。
我闻琵琶已叹息，
又闻此语重唧唧㊷。
同是天涯沦落人，
相逢何必曾相识！
我从去年辞帝京，
谪居卧病浔阳城。
浔阳地僻无音乐，
终岁不闻丝竹声。
住近湓江地低湿，

黄芦苦竹绕宅生。
其间旦暮闻何物？
杜鹃啼血猿哀鸣。
春江花朝秋月夜，
往往取酒还独倾。
岂无山歌与村笛，
呕哑嘲哳㊸难为听。
今夜闻君琵琶语，
如听仙乐耳暂㊹明。
莫辞更㊺坐弹一曲，
为君翻作㊻《琵琶行》。
感我此言良久立，

却⁴⁷坐促⁴⁸弦弦转⁴⁹急。
凄凄不似向前⁵⁰声，
满座重闻皆掩泣⁵¹。
座中泣⁵²下谁最多？
江州司马青衫⁵³湿。

注释

① 左迁:贬官、降职的委婉说法。

② 司马:州刺史的副职。

③ 倡女:歌女。

④ 善才:当时对技艺高超的乐师的称呼。

⑤ 委身:托身。这里是嫁人的意思。

⑥ 贾人:商人。

⑦ 命酒:叫人摆酒。

⑧ 快:畅快。

⑨ 悯然:忧郁的样子。

⑩ 漂沦:漂泊流落。

⑪ 出官:京官贬黜往地方任职。

⑫ 恬然:宁静安适的样子。

⑬ 迁谪:官吏因罪降职并流放。

⑭ 为:创作。

⑮ 长句:指七言诗。唐代的习惯说法。

⑯ 江头:江边。

⑰ 荻:多年生草本植物,形状像芦苇,生长在水边。

⑱ 瑟瑟：形容微风吹动的声音。

⑲ 暗问：低声询问。

⑳ 回灯：重新掌灯。

㉑ 掩抑：声音低沉。

㉒ 思：深长的情思。

㉓ 信手：随手。

㉔ 续续：连续。

㉕ 嘈嘈：形容声音沉重舒长。

㉖ 切切：形容声音轻细急促。

㉗ 间关：形容鸟鸣婉转。

㉘ 幽咽：形容乐声梗塞不畅。

㉙ 难：艰难，形容乐声滞塞难通。

㉚ 敛容：显出端庄的脸色。

㉛ 秋娘：唐代歌伎常用的名字。这里是对善歌貌美歌伎的通称。

㉜ 缠头：古代对歌伎舞女打赏用的锦帛。

㉝ 绡：轻薄的生丝织品。泛指轻美的丝织品。

㉞ 钿：用金银等制成的花形首饰。

㉟ 节：节拍。

㊱ 等闲:平常,随随便便。

㊲ 阿姨:教坊中管歌女的头目。

㊳ 颜色故:容貌衰老。故,旧、老。

㊴ 老大:年纪大了。

㊵ 去来:走了以后。来,语气助词。

㊶ 妆:这里指脸上的胭脂粉。

㊷ 唧唧:叹息。

㊸ 呕哑嘲哳:指声音嘈杂刺耳。

㊹ 暂:忽然,一下子。

㊺ 更:再。

㊻ 翻作:写作。翻,按曲调写作歌词。

㊼ 却:退回。

㊽ 促:紧、迫。

㊾ 转:更加,越发。

㊿ 向前:以前。

(51) 掩泣:掩面哭泣。

(52) 泣:指眼泪。

(53) 青衫:黑色单衣。唐代官职低的服色为青。

素描

元和十年,我被贬为九江郡司马。第二年秋天,我到湓浦口送友人,听到邻船有人在夜晚弹奏琵琶,细听那琵琶声音,铿铿锵锵颇有点京城的风味。我询问弹奏者的来历,原来她是长安的歌女,曾经跟穆、曹这两位琵琶名家学习技艺,后来年长色衰,嫁给一位商人为妻。于是我吩咐人摆酒,请她尽情地弹几支曲子。她弹完乐曲,神态忧伤,叙说起自己年青时欢乐的往事,但如今漂泊流落,憔悴不堪,在江湖之间飘零。我出任地方官快两年了,一向心境平和,她的话却使我有所触动,这一晚竟然有被贬逐的感受。于是撰写了这首七言歌行,吟唱一番来赠送给她,一共有六百一十六字,命题为《琵琶行》。

在浔阳江头的一个晚上,火红的枫叶和洁白的荻花在阵阵秋风中瑟瑟摇曳,我来这里,为即将远行的朋友送行。我们下了马,将朋友送上了船,举起了酒杯,却没有音乐让我们消忧解愁。忧伤沉闷中喝得有几分醉意,心情惨淡,不如就此告别,告别时江上茫茫一片,清冷的江水浸透了一轮寒月。

忽然听见那水上飘来了一曲琵琶声,应该回去的我忘记了迈步,应该开船的朋友也忘记了出发。寻着那琴声,我们找到了传出乐音的那条船,低声打听是谁在弹奏,琵琶声虽然停下了,但是迟迟没有人回答。于是我们把船靠了上去,邀请弹者出来相见,同时吩咐添上酒菜点亮灯火,重新摆开宴席。呼唤了不下千万声,她才缓缓地出现在我们面前,还用怀中的琵琶遮去了半边脸。但见她轻轻拧动弦轴,试弹了几个音,虽然没有成曲调,但已经饱含着情思。每一次拨弦都深深压抑,每一声乐曲都充满忧思,好像在低声倾诉自己平生如何不得志。她垂着眼随手弹拨,述说自己的无限心事。纤纤手指在弦上轻推慢揉,忽而横拨又忽而反挑,先弹了有名的《霓裳》,又弹奏了《六幺》。大弦的乐声沉重悠长,仿佛一场急骤的暴雨;小弦的乐声短促细碎,好像有人在窃窃私语。弦音轻重缓急高低快慢,任由她随意地交换,犹如大大小小的珍珠一粒一粒地坠入玉盘。一会儿像黄莺清脆的歌声,在花丛中轻快流转;一会儿如冷泉呜咽,在冰层下滞涩地流淌。到后来仿佛泉水被冰冻住了,冷滞之气凝结在弦上,凝聚不散,乐声也越来越轻,仿佛断绝。别有一种深沉的忧愁,在其中暗暗萌生,此时没有声音胜过了有声音的情趣。突然,迸发出清越的乐声,有如银瓶破碎水浆喷射,又转向铿锵雄壮,像铁骑冲锋刀枪齐鸣。一曲结束,收回拨子当心一划,四根琴弦一齐发声,就像撕裂的绢帛一般干脆。左右停靠的船只悄无声息,只有皎洁的月儿映照在冷冷的江心。

　　她轻叹了一声,把拨子插回到弦中,整了整衣裳起身,现出了庄重的表情。她说自己原本是京城的女子,家住在虾蟆陵。十三岁的时候就学会了琵琶,名列教坊第一部。技艺已经十分精湛了,一曲弹罢连乐师也心悦诚服;容貌也是娇美动人,每回妆扮好都被姐妹们妒忌。那些富贵子弟,争着送来各种财物,弹奏一曲得到的红绡,可以说是不计其数。用镶金片的发篦打拍子,敲碎了也不觉得可惜;血红的罗裙泼上了酒,也不会在意。年复一年地寻欢作乐,轻松随意地打发时光。弟弟去当了兵,阿姨也入了土,一天又一天过去了,容颜也终于衰老了。门前变得冷冷清清,来往的马车越来越少,年纪大了没有什么办法,只好嫁给了一个商人。商人只重财利,哪在乎夫妻离别,前月去了浮梁做茶叶生意。来来去去总让她独自一个人留在江口守着空船,四周只有寒冷的江水和明月的清光。深夜里忽然梦见了自己年少时的欢乐往事,她不由得从梦中哭醒,泪水和着胭脂满脸纵横。

我听见琵琶声已经伤感叹息了,现在听了这样一席话更慨叹不已。同样是流落在天涯的人哪,今天相遇又何必过去是曾经相识的人!我从去年离开京城,抱病被贬到了浔阳城。这地方偏远荒凉没有音乐,一年到头也听不到美妙的乐曲。住的地方靠近湓江,地势低又非常潮湿,黄芦和苦竹密密匝匝,在我的屋边杂乱丛生。从早到晚,所能够听见的声音就是杜鹃的声声啼血和猿猴的声声哀鸣。每当春江花开的早晨、秋月凌空的夜晚,我就取出浊酒,孤零零地一个人喝。难道就没有当地人唱唱山歌吹吹村笛?不过那声音嘈杂嘶哑,实在让人难以入耳。今天夜里听了你弹奏的琵琶曲,真像仙乐入耳清朗明净。请你不要推辞,再坐下弹奏一曲,我要按那曲调,为你写一首《琵琶行》。

我的话让她感动不已,她呆呆地站了许久,然后回到座位上,将弦调得更紧弹得更急。凄楚哀婉的曲调,已不像先前弹的了,重新听乐的人们,全都忍不住掩面哭泣。在座的人谁流的眼泪最多呢?我这江州司马的青色衣衫,已经被泪水给浸湿了。

鉴赏

《琵琶行》作于诗人被贬官到江州的第二年,作品借着叙述琵琶女的高超演技和她的凄凉身世,抒发了诗人个人政治上受打击、遭贬斥的抑郁悲凄之情,是白居易的代表作。

这首诗的艺术性很高,歌咏者与被歌咏者的思想感情融而为一,命运相同、息息相关。诗中的写景物、写音乐的手法极其高明,一连串绘声绘色的妙喻再现了丰富多彩、变化万千的音乐形象,使人如闻其声、如临其境。作品的语言具有很强的概括力,简洁灵活,所以整首诗脍炙人口,极易背诵。

赋得古原草送别

白居易

离离①原上草，
一岁一枯荣。
野火烧不尽，
春风吹又生。
远芳②侵古道，
晴翠③接荒城。
又送王孙④去，
萋萋满别情。

注释

① 离离：形容春草繁茂。
② 远芳：蔓延的春草。
③ 晴翠：指阳光下翠绿的草色。
④ 王孙：贵族，此处借指友人。

素描

你看，那原野上的草多么茂盛啊！

每年冬天，小草都会枯萎；可是到了春天，它又会变得那么茂盛。别看小草那么脆弱，野火会把这一片小草都烧得一干二净，但是，每当春风吹向大地，这些小草又会顽皮地探出脑袋，在春风中摇动身姿。

满眼都是这小草，它们散发着阵阵清香，悄悄地弥漫在古道上，无边无际，一直伸向远方。在温暖的阳光照耀下，小草青翠一片，真是惹人喜爱。

在这样一个春光明媚的时候，朋友你却要出门远行，这些小草似乎也来为你送行了，可是我们什么时候才能再见面呢?

不过,你不要悲伤,就像那小草一样,虽然它们会枯萎,但是它们还会再次茂盛的。因此,我们分开一定是暂时的,不久之后,我们肯定又会再相见。

鉴赏

这首诗是白居易应考的习作。科考的题目要加"赋得"二字。

第一句抓住了春草生命力旺盛的特征。第二句则进一步深化,抓住了野草年年循环的特征。第三、四句说古原上的草生命力非常旺盛。第五、六句进一步描写景物,突出野草的生命力。古道虽然没有人行走,荒城虽然没有人居住,但是春草给它们带来了生机和活力。最后两句笔锋一转,读者才知道诗人描写了这么久的春草,原来都是为了给"送别"安排一个典型的情景。

钱塘湖春行

白居易

孤山①寺北贾亭②西,
水面初③平云脚低④。
几处早莺争暖树⑤,
谁家新燕啄春泥。
乱花渐欲迷人眼,
浅草才能没⑥马蹄。
最爱湖东行不足,
绿杨阴里白沙堤⑦。

注释

① 孤山：在西湖中里湖与外湖之间，山上有孤山寺。

② 贾亭：即贾公亭。唐贞元（785—805）年间，贾全在杭州做官时在西湖边建造此亭。

③ 初：刚刚。

④ 云脚低：白云重重叠叠，同湖面上的波浪连成一片，看上去浮云很低。

⑤ 暖树：向阳的树。

⑥ 没：遮盖。

⑦ 白沙堤：指西湖的白堤，又称"沙堤"或"断桥堤"。

素描

孤山寺的北面，贾亭的西面，正是美丽的西湖。刚刚披上春天外衣的西湖，湖水新涨，在水色天光的混茫中，天空中舒卷起重重叠叠的白云，和湖面上荡漾的波澜连成了一片。

有些黄莺已经早早地抢在了向阳的枝头,迫不及待地试起了歌喉,悦耳的歌声唱着江南的旖旎春光,把大自然从秋冬的沉睡中叫醒;新来的燕子也从南方飞回来了,它们啄泥衔草,构造新巢。

花儿才刚刚探出了头,但是过不了多久就会姹紫嫣红、争奇斗艳了。到处都是绿毯般的嫩草,浅浅的,只能淹没马蹄。虽然西湖到处都有红花绿草,可是我最喜欢的是西湖的东区,在那里散步总感到意犹未尽,翠绿的绿杨树荫中蜿蜒着一条宽阔的白沙堤,风光秀美极了。

鉴赏

这首诗描绘了西湖的春光,以及世间万物在春色沐浴下的勃勃生机。同时,更将诗人本身陶醉在这良辰美景中的心态合盘托出,使人在欣赏西湖醉人风光的同时,也不知不觉地被诗人那对春天、对生命的满腔热情所感染。

这首诗就像一篇短小精悍的游记,诗人在湖光山色中饱览鸟语花香,最后才恋恋不舍地离去,但耳畔却仍回响着春天的赞歌。

悯农（其一）

李 绅

春种一粒粟，
秋收万颗子①。
四海无闲②田，
农夫犹③饿死。

注释

① 子：种子。
② 闲：空闲的，闲置的。
③ 犹：还。

素描

　　春天是播种的日子，农民们赶着牛在田间不停地翻土，空中弥漫着泥土的清香。他们接着在泥土里撒上种子。你可别小看了这一颗一颗小小的的种子，到了秋天可是能收获千颗万颗的粮食。只有你用心地栽种，不时地为它们除草、施肥，这样才会有收获。此外你还要整天提心吊胆，担心旱灾把庄稼晒死，害怕洪水把庄稼冲走。

　　就这样，忙忙碌碌了几个月，小伙子的腰都累弯了，姑娘们的脸晒得黝黑黝黑的，终于盼来了金色的秋天——丰收的日子，金色的麦穗沉甸甸地挂在秆头，都把麦秆压弯了，这是他们用自己勤劳的双手得来的。

举目望去,四海之内没有空闲的田地,可是为什么还是有饿死的农民呢?他们辛勤劳动的成果都到哪里去了呢?

鉴赏

这首诗描写了社会的不公,用概述的手法揭露统治者对人民剥削之深重,抒发的是诗人的忧愤之情及对统治者的谴责之意,并以惊人的现实引起人们对农民的关注。

全诗短小精悍,语言概括而具体,浅近而含蓄,立意深远。写事传情,言近旨远。

悯农（其二）

李 绅

锄禾日当午①，
汗滴禾下土②。
谁知盘中餐，
粒粒皆③辛苦。

注释

① 日当午：即晌午时。
② 禾下土：农田。
③ 皆：都。

素描

正是晌午，太阳高高地悬挂在空中，尽情地发挥着它的威力。

晒在日光里的庄稼看上去有些懒洋洋的，蔫蔫的；知了在远处的大树上声嘶力竭地叫着："热死了！""热死了！"

这时候，谁都想找个凉快的地方，摇着蒲扇，要是再能小睡一觉，那就更美了。可是，农民们却不得不扛着锄头下地去劳动。为了防止毒辣的日头，他们戴了草帽，穿上了长袖的衣服。可即便是这样，他们的皮肤依然是黝黑的。

他们在田间有力地挥舞着锄头，汗水顺着帽檐滚落下来，也顾不上擦一擦，为了秋天的丰收，他们只能坚持着；不一会儿，那汗水就随着锄头一起飞舞了，落进了土地中，融进了这一片农田。人们每天餐桌上的粮食，一粒粒得来多么不容易呀！

鉴赏

这首诗描写了农民辛苦劳作的场景，以描述的手法劝诫人们体恤农民的辛劳，爱惜农民的血汗成果，表现了诗人对民生疾苦的无限同情，以及对统治阶级、王公贵族，还有一切非农业劳动者，包括诗人自己的警示之意。

全诗只有短短的二十个字，而表现的内容却非常丰富，含意也十分深厚，包含着理性思辨，还起到了对大众的警策教化作用。全诗朗朗上口，易于记忆，所以千百年来，妇孺皆知，久吟不衰。

江 雪

柳宗元

千山鸟飞绝①,
万径人踪灭②。
孤舟蓑笠翁③,
独钓寒江雪。

注释

① 绝:断绝。

② 灭:绝迹。

③ 蓑笠翁:披着蓑衣、戴着斗笠的渔翁。

素描

　　冬天来了,天上纷纷扬扬下起了的大雪。往常,会有很多小鸟叽叽喳喳地在山间飞舞,可是现在,连鸟的踪迹也见不到,它们一定是觉得太冷了,躲在温暖的鸟巢中不出来。

　　树枝光秃秃的,长长地伸向白色的天空,似乎在呼唤春天,想象着那时自己的一身绿装。而现在整个天地白茫茫一片,安静极了,似乎连轻盈的雪花落到大地上的声音都能听见。在这个寒冷的季节里,还有谁会在路上行走呢?

　　可是,那儿却有一个人独自坐在一叶扁舟上,他的头上戴着斗笠,身上穿着蓑衣,原来是一个渔翁。他的身体在这一片山间显得是那么渺小,雪落在斗笠上,落在蓑衣上,把他变成了一个雪人,可是他仍然一动不动,眼睛注视着手中的鱼竿,耐心地等待着鱼儿上钩。

他究竟在钓什么呢?

鉴赏

这首小诗幽峭疏淡,用功精细。

全诗都是写景,描写天地间一片白雪,只有孤独的渔翁在寒江垂钓,简单的几笔便点染出一幅空灵幽冷的画面。全诗景中寓情,诗人把自己的感情附着在独钓的渔翁身上,使之成为孤高自得的精神化身,创造了一个清绝、寒绝、独绝的艺术境界,来表现诗人自己绝尘拔俗、孤傲高洁的品格。

如果将《江雪》四句诗的头一个字裁取相连,悄然而出的苦闷便是:"千""万""孤""独"。

渔 翁

柳宗元

渔翁夜傍①西岩宿，
晓汲②清湘③燃楚竹。
烟销日出不见人，
欸乃④一声山水绿。
回看天际下中流，
岩上无心云相逐。

注释

① 傍：靠。
② 汲：吸取，此处指打水。
③ 清湘：指湘江。
④ 欸乃：摇桨发出的声音。

素描

湘江上的渔翁晚上把船停泊在西岩下休息，拂晓的时候就起来，打来清澈甘甜的湘江水，点燃竹子准备烧水。

这个时候天才蒙蒙亮，江面上云雾缭绕，直到太阳拨开了层层的云雾，整个儿地露出脸来，青山绿水才朗朗地展现在渔翁的面前。但这里却再也找不到其他渔船，他只能独自一个人欣赏这样的美景。

正当渔翁信舟流连在这秀丽山水之间时，"欸乃，欸乃"，摇橹的声音随着水波荡漾开去，由此及彼，再看近水远山，但见一片葱绿。澄净的水面上漂着一叶扁舟，江中倒映着蔚蓝的天空和片片的白云,还有的就是老渔翁了。

　　渔翁驾船向河中央驶去,回看天际,发现岩石上缭绕舒展的白云仿佛一直在追随着他,他走到哪儿,调皮的白云就跟到哪儿,像是在和他玩捉迷藏!

鉴赏

　　这首诗,作于永州(治今湖南永州)。全诗格调清朗疏淡、语言简练,但诗味极浓。诗中描写了一位渔翁在天地间独来独往、悠然自得的生活情景。同时这也是诗人自己清高、孤独的形象写照。诗中的人物与山水融合为一,自然和谐,老渔翁空灵冲淡的生活,是诗人心中的一种理想。

　　全诗由夜及晨,以时间为线索,同时又以景色的不断变换为线索。老渔翁的行动变化和自然景色的转换,在这两条线索中得到了和谐的统一。

闻乐天授江州司马

元　稹

残灯无焰影幢幢①，
此夕闻君谪②九江。
垂死③病中惊坐起，
暗风吹雨入寒窗。

注释

① 幢幢:昏暗的、摇曳(yè)不定的样子。
② 谪:降职。
③ 垂死:指病重。

素描

　　漆黑的屋子中,只有桌上一盏油灯还亮着,但它也仿佛生命就要耗尽了似的,忽明忽暗,晃晃悠悠,十分孱弱。我连大气也不敢喘,生怕鼻息将它熄灭。连灯的阴影,也变得昏暗而摇曳不定。屋中的一切,没有因为灯光的照耀而变得明亮,反而更加晦暗,就跟我的心情一样。

　　那是因为自己被贬到他乡,加上身患重病,心情本来就很差了,谁知道就在这个时候忽然听到了好朋友也蒙冤被贬的消息,内心更是极度震惊,万般怨苦就像潮水一般涌上了心头。

　　这个消息就像是晴天霹雳,乍一听到,虽然自己垂死病中,但一下惊醒,坐了起来。我呆呆地坐在那儿,环顾四周,幽暗的风带着寒冷的雨水,打进冰凉的窗户。身体被吹得越来越冷,而心却早已经冷到失去知觉了。

鉴赏

题目中"乐天"就是白居易,他因为得罪权贵被贬为江州司马。元稹和白居易是非常要好的朋友,这首诗就描写了诗人初次听到这个消息的情形和感觉。

第一句突然描写了一幅阴深深的情景。第二句就给了解释,原来听说白居易突然被贬到了江西九江,诗人心境悲凉,所以一切景物都变得阴沉昏暗。第三句进一步直接描写诗人自己,通过自己的动作来表现自己的情感。第四句并没有为白居易鸣不平,而是无奈地描写了另外一幅图景:阴暗的冷风把雨吹入了窗户。言有尽而意无穷。

题李凝幽居

贾 岛

闲①居少邻并,
草径②入荒园。
鸟宿池边树,
僧敲月下门。
过桥分野色,
移石动云根。
暂去还来此,
幽期不负③言。

注释

① 闲：幽闲自得。
② 径：小路。
③ 负：辜负。

素描

只有一条杂草遮掩的小路，蜿蜒地通向一座没有人烟、荒芜不治的园子，李凝就住在这园子里。近旁没有人家居住，这里好比一个世外桃源，没有人来打扰，可以过悠闲自得的生活，而这正是我所向往的。

晚上，月光皎洁，万籁俱寂，我轻轻地叩了叩大门，没想到这么轻微的敲门声，还是惊动了树上的小鸟。它们一阵不安地噪动，从窝中飞出来转了个圈，又回巢中栖宿了。真是对不起，搅了你们的好梦。

在回家的路上，一层洁白如银的月光洒在了色彩斑斓的原野之上，晚风轻拂，让人不觉心旷神怡。我沉浸在这迷人的景色中，飘飘欲仙，好像不是我在走路，而是两旁的山石在移动。

我只是暂时离去,不久一定会重新回来,不会错过我们约定共同归隐的期限。

鉴赏

首联突出一个"幽"字,一条杂草遮掩的小路通向荒芜而没有人治理的小园,园子的旁边也无人家居住,以此可以看出李凝的隐士身份。次联"鸟宿池边树,僧敲月下门"是历来传诵的名句,月光皎洁,万籁俱寂,老僧(或许是作者)一阵轻微的敲门声,显得尤为突出,宿鸟也被惊动了。第三联写归路上所见,动静结合,正话反说,别具神韵。最后一联点明诗人对隐逸生活的向往。

诗中意象都是寻常事物,草径、荒园、宿鸟、池树、云根,但诗人用于诗中,却自然贴切,韵味醇厚。

寻①隐者②不遇

贾 岛

松下问童子，
言师采药去。
只在此山中，
云深不知处③。

注释

① 寻:寻访。
② 隐者:隐居的高士。
③ 处:行踪。

素描

我来到一片深山老林之中,想要寻找一位隐者,怎么找也没有找到,却在一棵松树下看见隐者的弟子。于是,满怀希望地问这位童子:"你师傅到哪里去了?"

童子答道:"师傅采药去了。不采药怎么给人治病呢?"

不在呀,我不由得失望,可是不甘心地继续问:"那他去哪里采药了?"

"就到这座山里去采药了。"

心中又萌生了一丝希望,我问童子:"你能不能替我去找一找呢?"

童子面有难色:"这座山太大了,云雾缭绕,我怎么能知道他究竟在哪里呢?"

是啊,抬头一看,郁郁青松,悠悠白云,瞬息万变,无从捉摸,上哪儿去找呢?隐者为了治病救人,上那么高的山采药,更是令人钦佩。可是毕竟没有见面,我的惆怅之情不觉油然而生。

鉴赏

这首诗的特点是寓问于答。答问虽有三次,用笔却很简练,层层深入,感情也有起有伏。

从表面上看,这首诗白描无华,但用语自然,色彩鲜明。郁郁青松,悠悠白云,它们的形象和隐者相近。诗人没有直接描写隐者,而是刻画其居住环境,展现童子答问,从而让读者体会到一个捉摸不定、行踪飘忽的隐者形象。

李凭箜篌引

李贺

吴丝蜀桐张高秋①,
空山凝云颓②不流。
江娥啼竹素女愁,
李凭中国③弹箜篌。
昆山玉碎凤凰叫,
芙蓉泣露④香兰笑⑤。
十二门前⑥融冷光,
二十三丝⑦动紫皇⑧。

女娲炼石补天处，
石破天惊⁹逗⑩秋雨。
梦入神山教神妪⑪，
老鱼跳波瘦蛟舞。
吴质⑫不眠倚桂树，
露脚斜飞湿寒兔⑬。

注释

① 张高秋:在天气爽朗的秋天弹奏起来。张,弹奏。高秋,深秋九月。

② 颓:下垂、堆积的样子。

③ 中国:即国中,指在国都长安城里。

④ 泣露:指滴露。

⑤ 笑:指花盛开。

⑥ 十二门前:指长安。长安城四面各三门,共有十二门。

⑦ 二十三丝:指箜篌。有一种竖箜篌,有二十三弦。

⑧ 紫皇:道教传说中地位最高的神仙。

⑨ 石破天惊:女娲所补五色石为箜篌声破裂,天界为之震惊。

⑩ 逗:引出来的意思。

⑪ 神妪:指女神成夫人。妪,妇女的通称。

⑫ 吴质:即传说中月宫的仙人吴刚,其字为质。

⑬ 寒兔:玉兔。

素描

已经是九月深秋了,秋高气爽,优美悦耳的箜篌声一经传出,连空旷山野上的浮云也为之凝滞了,仿佛在俯首谛听;娥皇、女英和善于鼓瑟的素女,也被这样的乐声,触动了愁怀,潸然泪下。原来是李凭在长安城内弹箜篌呢。

那箜篌,时而众弦齐鸣,嘈嘈杂杂,仿佛玉碎山崩,令人不遑分辨;时而又一弦独响,宛如凤凰鸣叫,声振树木,响遏行云。琴声悲哀的时候,就仿佛芙蓉花在幽幽哭泣;乐声欢快的时候,就好像是盛开的兰花张口欲笑。

在十二门前,人们都陶醉在美妙的弦乐声中,以至连深秋时节的风寒露冷都没有感觉到,还惊动了天上的神仙和身居宫中的皇上。

乐声直上云霄,正在补天的女娲听得入了迷,忘记了自己的职守,结果石破天惊,秋雨倾泻,飞进了山中。连神妪也为之动容,羸弱乏力的老鱼瘦蛟也随着旋律翩翩起舞。声音传到月宫,吴刚听了倚靠桂树难以入睡,玉兔也被寒露沾湿。

鉴赏

这首诗通过描写诗人在倾听箜篌之声时，于广袤的音乐空间中所展开的丰富多彩的想象，为读者展现了一个变化无穷而又美妙夺目的音乐世界。全诗注重对主体心灵的全力开掘和虚幻意象的巧妙营造，表现了李贺诗歌凄艳诡谲的特点。

全诗造语奇特，诗人的想象不仅出人意表，而且跳跃性很大，有时完全听凭直觉的引导，一任自己的想象超时空地自由流动。

为了强化诗歌意象的感染力，诗人还以独特的思维方式和精选的动词、形容词来创造视觉、听觉与味觉互通的艺术效果。通过这些不同感官相互沟通转换所构成的意象，诗人的艺术直觉和细微感受更显鲜明。

雁门太守行①

李 贺

黑云压城②城欲摧③,
甲光向日金鳞开。
角④声满天秋色里,
塞上燕脂⑤凝夜紫。
半卷红旗临易水⑥,
霜重鼓寒声不起⑦。
报君黄金台⑧上意,
提携玉龙⑨为君死。

注释

① 雁门太守行：乐府曲名。

② 黑云压城：比喻敌军攻城的气势。

③ 城欲摧：城墙仿佛将要坍塌。

④ 角：军中号角。

⑤ 燕脂：胭脂，色深红。此句中"燕脂""夜紫"皆形容战场血迹。

⑥ 易水：河名，发源于河北易县。

⑦ 不起：打不响。

⑧ 黄金台：故址在易县东南，战国时燕昭王所筑。昭王曾置千金于台，以延揽人才。

⑨ 玉龙：指宝剑。传说晋代雷焕曾得玉匣，内藏二剑，后入水化为龙。

素描

情况危急！

敌人的军队一下子杀到了城门前。从城墙上看，就好像黑压压的一大片乌云,没有丝毫的缝隙,他们来势汹涌,仿佛要把城门摧毁一样。

正在这时,风云变幻,一缕阳光从云缝里透射下来,照在守城将士的盔甲上,只见金光闪闪,十分耀人。

正值深秋,万木摇落,在一片死寂之中,那角声呜呜咽咽地鸣响起来,敌人仗着人多势众,鼓噪而前,步步逼近。可是,守军并不因为势单力薄而怯阵,在号角声的鼓舞下,气势高昂,奋力反击。鏖战从白天进行到了晚上,晚霞映照在战场上,那大块大块的胭脂般鲜红的血迹,透过夜雾凝结在大地上,呈现出一片紫色。

增援部队趁着敌人天黑偃旗息鼓,攻其不备,展开了战斗。在易水边上,夜寒霜重,连战鼓也擂不响,面对种种困难,将士们毫不气馁,誓死保卫国家。

鉴赏

这首诗描写了易水一带一次激烈的战斗,赞颂了将士们抗击敌军入侵,为守卫城防而英勇奋战,誓死报国的大无畏精神。

全诗充分体现了李贺诗歌以部分代全体、意象新奇、设色鲜明、造型新颖、想象丰富而奇特的特点。诗中用"黑云""甲光""金鳞"和"角声"描绘出千军万马的战争场面,既写景又写事,渲染了敌军兵临城下的紧张气氛和危急形势。

过华清宫绝句三首(其一)

杜 牧

长安回望绣成堆①，
山顶千门次第开②。
一骑红尘③妃子笑，
无人知是荔枝来。

注释

① 绣成堆：指骊山右侧的东绣岭，左侧的西绣岭。唐玄宗时，于岭上广植林木花卉，望去宛如锦绣。

② 次第开：山上宫门逐个挨次而开。

③ 红尘：微红色的尘土。

素描

回望整个长安城，骊山上林木葱茏，花草繁茂，在这茂密的树丛中，点缀着宫殿楼阁飞翘的屋檐，宛如团团锦绣。

忽然，山顶上平日紧闭的宫门一道接着一道被缓缓地打开了。山下，一匹驿马风驰电掣般地奔驰而来，马的身后扬起了一团团的红尘。而宫内，终日愁闷的妃子会心地笑了。这些紧闭的宫门为什么打开了呢？这匹驿马又是从何而来的？妃子为什么又笑了呢？

原来，没有人知道那一匹驿马带来的是妃子朝思暮想的荔枝，而且是从遥远的南方带来的，个个色泽红润，叶子上还带着清晨的露水,仿佛刚刚从枝头上摘下来的一般。剥开它的外壳,它的内瓤晶莹剔透,咬上一口,那香甜的味道就一直沁入心脾。

为了这新鲜的荔枝,在赶回长安的路途上,不知道已经累死了多少匹骏马呀!

鉴赏

这首诗是杜牧经过华清宫时,慨叹唐玄宗、杨贵妃淫靡误国而作的。诗歌形象地揭示了建筑在剥削和奴役人民基础上的统治阶级奢侈享乐生活的残酷本质。

诗人善于裁剪,巧于构思。诗篇组合有序、层次清晰,结构犹如电影镜头,由远推近:先是骊山如秀,再是千门洞开,然后便听见了杨贵妃的笑声,看见了新鲜美味的荔枝。诗中的人与物、大与小、动与静、实与虚交融在一起,形成一种风神俊爽、意境深邃的艺术美感。

全诗措辞委婉,语言直中含曲,浅中见深。又巧设层层悬念,直至篇末释疑。

江南春

杜 牧

千里莺啼绿映红,
水村山郭①酒旗②风③。
南朝④四百八十寺⑤,
多少楼台⑥烟雨中。

注释

① 山郭：山城。

② 酒旗：酒店的幌子。也称"酒望""酒帘"。

③ 风：指迎风招展。

④ 南朝：指公元420—589年先后建都于建康（今江苏南京）的宋、齐、梁、陈四个朝代。

⑤ 四百八十寺：南朝皇帝和世族大家都崇信佛教，此处极言佛寺之多。

⑥ 楼台：指寺院建筑。

素描

辽阔的千里江南，春风轻轻地吹拂这片肥沃的大地。

黄莺已经迫不及待地一展它优美动听的歌喉，站在最高的枝头，欢快地歌唱，告诉人们春天到了。它们小巧的身体摇头晃尾，颇为得意。

丛丛的绿树映衬着簇簇红花，很是鲜艳。傍水的村庄，依山而建的城郭，迎风招展的酒旗，一一在望。春天的雨总是淅淅沥沥地下个不停,滋润着干涸的大地。春潮涌涨,都快与岸一样平了。

南朝修建的佛寺,金碧辉煌,一座连着一座,鳞次栉比,这时都被茫茫的雨气所笼罩,看不见它们的真面目,只能看见山寺的房檐一角。苍茫的江南大地究竟有多少烟雨楼台呢,真是数也数不清。

江南的春雨,到处散播着诗情画意。

鉴赏

这首诗写的是春日即目所见的江南景色。

诗中没有细致刻画景物,而是从大处着眼,抓住花鸟、酒旗、寺庙几个江南最常见的景物,淡淡几笔就描绘出了江南的春天、烟雨的江南。

诗歌的前两句写了江南的情景,有江南的自然美丽,也有丰富多采的社会生活景象。后两句笔锋一转写了江南的雨景。细雨笼罩,景物变得缥缈朦胧,这是江南独有的美景。寺庙被烟雨包围着,越发显得幽深和神秘,使人产生不尽的历史联想,不禁由前朝往事引出对时局的担忧。

赤 壁

杜 牧

折戟①沉沙铁未销,
自将②磨洗认前朝③。
东风不与周郎④便,
铜雀⑤春深锁二乔⑥。

注释

① 戟：古代兵器。

② 将：拿，取。

③ 认前朝：辨认出是前朝遗物。前朝，这里指赤壁之战的时代。

④ 周郎：即周瑜（175—210），字公瑾，东汉末孙策、孙权手下的重要将领。他曾利用东风之势火烧赤壁，大败曹军。

⑤ 铜雀：台名，曹操建于邺城（今河北临漳西），因楼顶铸有大铜雀而得名。

⑥ 二乔：乔家两姐妹，东吴著名的美女，称为大、小乔。大乔是孙策的妻子，小乔是周瑜的妻子。

素描

天时，地利，人和。任何一个细节，都会改变历史的进程。因此，历史是没有假设的。

一支古老的断戟，沉没在了水底的泥沙中，岁月流逝，经过了六百多年,还没有被时光销蚀掉,现在被人发现了。折断的铁戟伤痕累累,想必那场战争异常激烈。经过一番磨洗,可是断定它的确是赤壁战役时留下来的遗物。

在赤壁战役中,曹操拥有百万大军,气势如虹,而周瑜的兵力与之相比非常弱。所以,他只有采用火攻。但是,如果不是那时恰巧刮起强劲的东风,那么胜负双方就要换个位置了,历史也就从此完全改写,江南大概已经是一片废墟,而美丽的大乔小乔就必然会被曹操抢去,关在铜雀台上了。

鉴赏

这是一首借物抒情的诗。诗中所写的赤壁,实为黄州(今湖北黄冈)的赤鼻矶,作者是借相同的地名抒发感慨。诗人在赤壁看见一件残破的古代兵器,于是引起对历史的沉思与遐想,兴起对前朝人物和事迹的慨叹。

诗人从反面落笔,故意说周瑜的成功出于神助,是一种侥幸。杜牧喜欢做历史的翻案文章,独发奇论,认为周瑜获胜乃是巧得天时之利。诗人小处落墨,而所言极大,说明了抓住机遇的重要性。

全诗立意新颖,用典谐谑,寓意奇警,是诗化了的史论,读来饶有趣味。

泊秦淮①

杜 牧

烟笼寒水月笼沙,
夜泊秦淮近酒家。
商女②不知亡国恨,
隔江犹唱后庭花③。

注释

① 秦淮：即秦淮河，长江下游支流，相传是秦时为疏通淮水开凿。秦淮河流经的南京夫子庙一带，在六朝时十分繁华。

② 商女：歌女。

③ 后庭花：曲名，《玉树后庭花》的简称。南朝陈亡国之君陈叔宝所作，后世多称之为亡国之音。

素描

月光淡淡的，似乎有烟雾笼罩在它的周围，朦朦胧胧。

秦淮河静静地流淌，水面上泛着层层的涟漪，河水中的月亮似乎也在微微地波动。薄薄的烟雾同样也笼罩着秦淮河，轻轻地，河面上一片清冷。

我乘坐的小船，悄无声息地停靠在了秦淮河边。

岸上，却是另一番风景：酒家好不热闹！有人在划拳，有人在猜酒令，劝酒的喧闹声此起彼伏。我坐在船中听着,一阵歌声从河那边传来,飘散在这月色之中。那些歌女不知道有亡国之恨,在这里自得其乐地唱着靡靡之音。唱的不正是亡国昏君陈后主制作的《后庭花》嘛,这可是有定论的亡国之音哪!

鉴赏

这首诗,描写诗人深夜泊舟于歌舞繁华之地——秦淮河河畔,隔江传来商女《后庭花》的歌声,听着这亡国之音,不仅激起时代兴衰之感。

全诗构思缜密,写景寓情,在贴切传神地把秦淮河迷茫的夜景描绘出来的同时,也形象地表现了晚唐统治者不接受前车之鉴,仍然醉生梦死,沿着亡国之路走下去。诗中情景交融,朦胧的景色与诗人心里淡淡的哀愁非常和谐统一。

山 行

杜 牧

远上寒山①石径斜,
白云生处②有人家。
停车坐③爱枫林晚,
霜叶红于④二月花。

注释

① 寒山：深秋时节的山。
② 白云生处：指山林的最深处。生，产出，生出。
③ 坐：因为。
④ 于：比。

素描

车子路过一座山，远远望去，满山遍野都被镀成了金色。浓郁的山林中隐隐约约地现出了一条小路，弯弯曲曲，沿着山势蜿蜒而上。

在小路消失的尽头，有几朵白云在那儿飘浮，偶尔露出了一些山石砌成的石屋和石墙，想必那条小路就是那些人家的通道吧？时值深秋，秋高气爽，山上的枫叶都被秋霜染成了红色，红艳艳的一片，十分夺目，热热闹闹的，真叫人喜爱。山上的泥土也被飘落的枫叶所覆盖，像一条红地毯，简直分不清哪儿是地，哪儿是树了。

还是下车欣赏欣赏这风景吧。

夕阳如同一颗饱满的果实,沉甸甸地挂在半空中,在它的照耀下,枫叶如同一片流火,层林尽染,天空也仿佛被染成了红彤彤的一片。这一片枫叶可是要比江南二月的春花还要火红,还要艳丽呢!

鉴赏

这首诗是古诗中咏秋的名篇,诗中描写了深秋山间的景色,据说是诗人游览岳麓山时所作。

自古以来,诗人咏秋多是离别愁绪、无限悲凉,但这首诗中的秋境却如同春天一般充满了生机。诗人笔下的秋光,白云缭绕,夕阳晚照,枫叶流丹,层林尽染,那经霜的红叶比二月春花还要艳丽。

全诗先是描绘了秋天优美的景色,然后诗人面对美景抒发由衷的喜爱之情,行文水到渠成,显得那么自然可亲,读来如临其境。

秋 夕

杜 牧

银烛秋光冷①画屏,
轻罗小扇②扑流萤③。
天阶④夜色凉如水,
卧看牵牛织女星。

注释

① 冷：寒意。
② 轻罗小扇：纨扇，轻薄的丝制团扇。
③ 流萤：飞动的萤火虫。
④ 天阶：皇宫中的石阶。

素描

深秋的夜晚，白色的蜡烛发出微弱的银光，给屏风上的图画凭添了几分暗淡而幽冷的色彩。

屋外，一个少女拿着轻巧的罗扇，一下一下地扑打着飞来飞去、一闪一闪的萤火虫，似乎想驱赶包围着她的孤独和无奈。宫中的生活真是无聊哇，只能以此来打发寂寞漫长的时光。

夜色已深，寒气袭人，霜繁露重，该进屋去睡了，明天还要早起伺候妃子们梳洗呢。可是她静静地躺在皇宫中的石阶上，丝毫没有察觉到石阶的冰凉，只是痴痴地望着天空。

这是牵牛星,这是织女星,很小的时候妈妈总是一遍又一遍讲着牛郎织女的故事。妈妈还好吗?进宫那么多年,从来没有再见过面。牛郎和织女在天上过得幸福吗?

她思念,她迷惘。

鉴赏

> 这是一首从侧面反映宫女生活、刻画宫女心理的宫怨诗。诗人通过描绘阴冷索寞的环境,暗示出宫女凄清落寞的悲惨命运,表现出孤寂的情思和幽怨。
>
> 诗歌的前两句用淡淡的彩笔绘出一幅宫女秋夜轻扑流萤的清美画面。三、四句描写凉夜如水,宫女久久不寐,径自卧看牵牛织女双星的画面,触景生情,哀叹自己的生活还比不上神话人物。
>
> 全诗通篇未写一个"愁"字,而愁情浓郁,意在言外,极委婉含蓄之致。宫女内心的幽怨虽没有一字写出,读者却完全可以领悟。

清明①

杜牧

清明时节雨纷纷，
路上行人②欲③断魂④。
借问酒家何处有？
牧童遥指杏花村。

注释

① 清明:我国传统节日,有扫墓、踏青等习俗。
② 行人:出门在外的行旅之人。
③ 欲:快要。
④ 断魂:形容行路之人的愁绪。

素描

小雨淅淅沥沥地下着,将天空洗刷得犹如一面清澈的镜子。

清明时节的雨,又细又密,多如牛毛,润湿了路边的花草,也飘湿了行人的衣服。这个时候,都是家人团聚在一起,或者祭扫亲人,或者踏青游玩。出门在外的行人匆匆走在路上,都急忙往家赶,只有我孤身一人,看着别人举家出行,心里不是滋味,而这小雨又平添了一份愁绪,纷纷扰扰。

雨越飘越大,搅得人心烦乱,还是去寻找一个小酒店吧,可以躲躲雨、祛祛寒,也可以借此散散心。可是在这个陌生的地方,往哪儿去找小酒店呢?那边有一个牧童,去问他吧。

牧童将手往远处一指,说:"就在那儿。"顺着牧童手指的方向看过去,隐隐约约地看见有一面写着"酒"字的幌子在雨中飘动,那里就是杏花村了。

鉴赏

这首诗描写了清明时节的情景:风雨飘摇,诗人孤身赶路,触景伤情,心境凄迷纷乱,想要找家酒店避雨休息,借酒浇愁。

全诗的妙处正在于峰回路转,柳暗花明,诗意巧妙而自然地转换。小牧童的出现,使全诗的色调顿然明朗,让人有满目生辉之感。孩子的天真烂漫与春天蓬勃的生机是如此吻合。尤其是他小手一指,在诗人视野中便出现了一个红花绿树掩映中的村落,一幅生意盎然的画面,诗人孤寂的心灵顿时得到了慰藉。

诗人没有停留在一般的抒写愁怀上面,而是写了春意对孤寂愁绪的消融,这就使诗的境界得到了升华。

商山①早行

温庭筠

晨起动征铎②,
客行悲故乡。
鸡声茅店月,
人迹板桥霜。
槲③叶落山路,
枳④花明驿墙,
因思杜陵⑤梦,
凫⑥雁满回塘⑦。

注释

① 商山：也叫楚山，在今陕西商洛东南。

② 铎：古代宣布政教法令时或有战事时用的大铃，此处泛指铃声。

③ 槲：一种落叶乔木。

④ 枳：一种落叶灌木或小乔木。

⑤ 杜陵：地名，在今陕西西安东南。诗人曾自称为"杜陵游客"，这里的"杜陵梦"当是思乡之梦。

⑥ 凫：野鸭。

⑦ 回塘：边沿曲折的池塘。

素描

清晨起床，旅店内外已经叮叮当当地响起了车马的铃铛声，旅客们起了个大早，现在正忙着套马的套马，驾车的驾车。出门在外，总会觉得交通不便、人情浇薄，独自一人就会常常想念家乡。

旅客们住在茅草屋里，一听见公鸡报晓的声音就起床看天色了。天上的月亮透过云层朦朦胧胧地挂在半空中,照着行色匆匆的旅客脚下的路。石板桥上还覆盖着霜冻,上面留着串串脚印。

槲叶直到第二年早春树枝将发芽的时候,才纷纷脱落,落叶覆盖了山间大路。枳花已经全部开放了,天还是雾蒙蒙的,白色的花朵特别显眼。

旅途早行的景色,使我想起了昨夜在梦中出现的故乡景色:故乡杜陵,春江水暖,凫雁自得其乐,而自己却远离家乡,在茅店里歇脚,还要在山路上奔波呢!

鉴赏

这是一首抒发个人仕途失意的感慨之作。开头两句写早行引起了对故乡遥念。中间四句写景,处处突现一个"早"字。末尾二句说虽然途中观赏着景色,但头脑中却在回想着"凫雁满回塘"的"杜陵梦"境,表达了对长安的留恋之情和孤独失意之感。

"鸡声茅店月,人迹板桥霜"是传颂千年的名句,直接以名词性意象的组合来描绘景物,形成一幅深秋早行图,手法新颖独特。

全诗多种感觉相交织：声（征铎、鸡声），色（月色、霜色、槲叶、枳花），感觉（悲、残月的凄凉、霜寒），距离（由实到虚、由真至梦），更令此诗从静止升华到了动态美。

乐游原①

李商隐

向晚②意不适③，
驱车④登古原。
夕阳无限好，
只是近黄昏。

注释

① 乐游原:汉唐名胜古迹和游览胜地,本为汉宣帝所立乐游庙。在长安东南,地势高敞,可以登临远眺。

② 向晚:傍晚。

③ 不适:不快。

④ 驱车:赶着马车,乘坐马车。

素描

傍晚,我起身走到窗口,看看外面的风景,想使自己放松一下。

可是,我不曾想到,这一天的烦恼和忧愁却相继袭上心头。它们像不听话的小孩一样,不断地纠缠着我,让我静不下来,我想还是出去散散心吧。

于是,我乘上马车,一路来到了乐游原,这里的地势比较高,视野也很开阔,也许在这里能排解我心中的烦闷。

我下了车,登上乐游原,举目远眺,一派夕阳之景尽收眼底:太阳懒洋洋地挂在西边的树梢上,像个红彤彤的柿子,又像羞红了脸的姑娘。天空中布满了红霞,太阳的余晖洒在田野上,泛着金黄色的光芒。多么绚烂哪!可是,太阳渐渐地移到树梢下面去了,满天的红霞越来越淡,夜色要降临了。眼前这么美的景色就要消失了,真是好景不长、令人惋惜呀!

鉴赏

这首诗语言平实,却寓意深刻、引人深思。

诗人身处晚唐衰世,心怀悲观愁苦的情绪,此时所作的诗歌难免不被渲染上这样的情思。事实上,此诗作成后的六七十年,盛极一时的大唐帝国便覆灭了。因此,这首诗常被比作是大唐帝国的一曲挽歌。

诗的后两句是诗人从具体环境中得到的一种哲理性的沉思,引起后人的广泛共鸣,成为传诵人口的警句。

夜雨寄北①

李商隐

君问归期未有期，
巴山②夜雨涨秋池。
何当③共剪西窗烛，
却话④巴山夜雨时。

注释

① 寄北：当时诗人在巴蜀，妻子在长安，所以说"寄北"。

② 巴山：泛指川东一带的山。川东一带古属巴国。

③ 何当：何时将要。

④ 却话：回头说，追述。

素描

你来信问我什么时候才能回家？可是我自己也不清楚，只能继续一个人留在他乡了，和在长安的你遥相思念。不知你现在正在做什么？一个人生活，要当心自己的身体。

窗外正下着雨，夜色朦胧。已经是秋天了，天气凉了不少，四川这个地方总是下着连绵不断的雨，就像我时时牵挂着你的思绪。

又是一个孤独难眠的长夜呀，只有桌上的一支蜡烛陪伴着我,和我一起寂寞地听着雨点啪啪啪地敲打窗户。烛心结成了稻穗的形状,烛光有些黯淡了,我什么时候才能在家中和你一起剪烛心呢?

那时,我们可以在一起聊天长谈,我会告诉你我在四川时的情景,向你描述这里的秋雨。我们会有多么开心哪,即使那时外面下着再大的雨,也不会像现在这样感到孤寂了。

鉴赏

李商隐的爱情诗多以典雅华丽、深隐曲折取胜,但这首寄内诗却用朴实无华的文字,写出他对妻子的一片深情,亲切有味。

这首诗艺术风格形象、细腻、含蓄、深刻。前两句写现实情景,含有离愁别绪;而后两句写未来相会时的景况,含有欢聚的情绪。虚写未来的欢聚,正是为了衬托眼下的孤寂和思恋之情。两相对照,更深刻地表达了现实的离愁和深切的思念。

诗歌语言明白如话,直书其事,直写其景,却情意深婉,含蓄隽永。

无 题

李商隐

相见时难别亦难,
东风①无力百花残。
春蚕到死丝②方尽,
蜡炬成灰泪③始干。
晓镜但愁云鬓改④,
夜吟应觉月光寒。
蓬山⑤此去无多路,
青鸟⑥殷勤为探看。

注释

① 东风：春风。

② 丝：这里与"思"字谐音。

③ 泪：蜡烛燃烧时流下的烛油，称为"蜡泪"。

④ 云鬓改：意思是青春年华消失。云鬓，指年轻女子的秀发。

⑤ 蓬山：神话中海上的仙山，这里借指所思女子的住处。

⑥ 青鸟：神话中为西王母传信的神鸟。后为信使的代称。

素描

相爱的两个人若要见面，机会本身已经十分难得，见面之后仿佛总有着说不尽的话。

可是，对他们来说，每次别离的时候又何尝不难呢？正因为下一次的相见遥遥无期，别离时才会难舍难分。

暮春时分，花儿在软绵绵的春风中无可奈何地离枝而去,纷纷飘散,好似下了一场相思雨。爱情是多么地缠绵哪,相思之情永不断,就像春蚕,到生命的最后一刻,还在吐尽体内的最后一根丝;爱情又是多么地执着哇,相思之情永不灭,就像蜡烛,一直要到全部燃成灰烬,才会流尽最后一滴蜡泪。

由于相思的折磨,夜晚辗转不能成眠,清晨你照镜子的时候,发现自己容颜憔悴;而我在夜晚独自一人吟诗的时候,一定觉得月光十分清冷。

你所在的蓬莱山离这儿没多少路,我只好请青鸟作自己的使者,殷勤致意,替我去看望你。

鉴赏

无题诗是李商隐所独创,这些"无题"诗颇多晦涩难解,一般可以根据诗歌展现的形象意境作为爱情诗来读。这首无题诗就是千百年来脍炙人口的名作,表现了诗人矛盾的心情、至死方休的思念,全诗笼罩在一层具有悲剧色彩的面纱之中。

诗歌的前四句回忆昨夜幽会的欢娱,提示出心灵的感应、精神的相通是两人相爱最为重要的因素，这是一种对于爱情高层次的深刻认识，诗句中使用的比喻巧妙而恰切。"春蚕吐丝"中"丝"与"思"谐音，自己的思念如同春蚕吐丝，至死方休；"蜡炬成灰"比喻自己为不能相聚而痛苦，无尽无休，仿佛蜡泪直到蜡烛燃成灰才流尽一样。

颈联从对方的角度来写相思之苦。从对镜自怜到抚鬓自伤，道尽了相思对人的折磨。尾联的想象愈发具体，思念入骨，想见而见不得，只好请青鸟使者代为传信，替自己去看望对方。结尾并没改变"相见难"的境遇，不过是无望之望，惆怅而又悲伤。

附录一:诗人简介

骆宾王(约638—684),唐文学家。婺州义乌(今属浙江)人。曾任临海丞。后随徐敬业起兵反对武则天。与王勃、杨炯、卢照邻以诗文齐名,并称"初唐四杰"。其诗以七言歌行见长,多悲愤之词。

王勃(649或650—676),唐文学家。字子安,绛州龙门(今山西河津)人。麟德初应举及第,曾任虢州参军。后往交趾探望父亲,渡海溺水,受惊而死。少时即显露才华。"初唐四杰"之一。他和卢照邻等皆企图改变当时"争构纤微,竞为雕刻"的诗风。其诗长于五律,偏于描写个人经历,多思乡怀人、酬赠往还之作,也有少数抒发政治感慨、隐寓对豪门世族不满之作,风格清新流丽。

宋之问(约656—713),唐诗人。一名少连,字延清,汾州（治今山西汾阳）人。高宗上元进士，中宗时官考功员外郎。曾先后谄事张易之和太平公主。睿宗时贬钦州，先天中赐死。诗与沈佺期齐名，并称"沈宋"。多应制唱和之作，文辞华丽。放逐途中诸诗则表现了感伤情绪。律体谨严精密，对律诗体制的定型颇有影响。

陈子昂（659—700），唐文学家。字伯玉，梓州射洪（今属四川）人。少任侠。文明进士。以上书论政，为武则天所赞赏，拜麟台正字，转右拾遗。敢于陈述时弊。曾随武攸宜击契丹。后解职回乡，为县令段简所诬，瘐死狱中。于诗标举汉魏风骨，强调兴寄，反对柔靡之风。所作《感遇》等诗，指斥时弊，抒写情怀，风格高昂清峻。是唐代诗歌革新的先驱，对唐诗发展颇有影响。

贺知章（659—约744），唐诗人。字季真，自号四明狂客，越州永兴（今浙江杭州市萧山区西）人。武周证圣进士，官至秘书监。后还乡为道士。好饮酒，性狂放，与李白友善。与张旭、包融、张若虚合称"吴中四士"。其诗今存二十余首，多祭神乐章和应制诗；写景之作，较清新通俗。《回乡偶书》《咏柳》传诵颇广。

张若虚（约660—约720），唐诗人。扬州（今属江苏）人。官兖州兵曹。中宗神龙中，与贺知章、张旭等齐名，为吴中名士。诗仅存二首。《春江花月夜》写春夜江边望月之感，融入对宇宙、人生的思考，音节和谐流转，历代传诵。

王之涣（688—742），唐诗人。字季凌，晋阳（今山西太原西南）人，后徙绛县（今属山西）。官衡水主簿、文安县尉。豪放不羁，常击剑悲歌。其诗善写边塞风光，意境雄浑，多为当时乐工制曲歌唱，名动一时。传世之作仅六首，《凉州词》和《登鹳雀楼》（一说为唐朱斌作）尤为有名。

孟浩然（689—740），唐诗人。以字行，襄州襄阳（今属湖北）人。早年隐居鹿门山。年四十，游长安，应进士不第。后为荆州从事，患疽卒。曾游历东南各地。诗与王维齐名，并称"王孟"。其诗情怀真率，清淡幽远，长于写景，多反映游历及隐逸生活。

王昌龄（？—756），唐诗人。字少伯，京兆长安（今陕西西安）人。开元进士，授校书郎，改汜水尉，再迁江宁丞。晚年贬龙标（今湖南洪江西）尉。世乱还乡，道出亳州（一作濠州），为刺史闾丘晓所杀。开元、天宝间诗名甚盛，有"诗家夫子王江宁"之称。尤擅七绝，多写当时边塞军旅生活，气势雄浑，格调高昂。《从军行》七首、《出塞》二首皆有名。其宫词善写女性幽怨之情，也为世所称。

王维（701？—761），唐诗人、画家。字摩诘，先世为太原祁县（今属山西）人，其父迁居于蒲州（治今山西永济西南蒲州镇），遂为河东人。开元进士。累官至给事中。安禄山军陷长安时曾受伪职，乱平后，降为太子中允。官至尚书右丞，世称王右丞。笃信佛教，中年后居蓝田辋川，亦官亦隐，生活优游。前期写过以边塞为题材的诗篇。以山水诗最为后世所称，通过田园山水的描绘，叙写隐逸情趣和佛教禅理，体物精细，状写传神，具有独特成就。诗与孟浩然齐名，并称"王孟"。兼通音乐，精绘画。北宋苏轼称他诗中有画，画中有诗。

李白（701—762），唐诗人。字太白，号青莲居士。自称祖籍陇西成纪（今甘肃静宁西南），隋末其先人流寓碎叶（唐时属安西都护府，在今吉尔吉斯斯坦北部托克马克附近)。幼时随父迁居绵州昌隆(今四川江油)青莲乡。少年即显露才华,吟诗作赋,博学广览,并好击剑行侠。二十五岁离川,长期在各地漫游,饱览名山大川,对社会生活多有体验。天宝初曾因诗名供奉翰林,但不受重视,又遭权贵谗毁,年余即赐金还山,离开长安。天宝三载(744),在洛阳与杜甫结交。安史之乱中,怀着平乱的志愿,曾入永王李璘幕府,因璘败牵累,流放夜郎。中途遇赦东还。后卒于当涂。诗风雄奇豪放,想象丰富,语言流转自然,音律和谐多变。善于从民歌、神话中吸取营养和素材,构成其特有的瑰玮绚烂色彩,是屈原以来最具个性特色和浪漫精神的诗人,达到盛唐诗歌艺术的巅峰。被后人誉为"诗仙"。与杜甫齐名,世称"李杜"。《蜀道难》《行路难》《梦游天姥吟留别》《静夜思》《早发白帝城》等诗,皆为人传诵。

王湾(?—?),唐诗人。洛阳(今属河南)人。先天进士。官荥阳主簿、洛阳尉。早有文名,往来吴楚间。其诗流传不多。

崔颢(?—754),唐诗人。汴州(今河南开封)人。

开元进士,官太仆寺丞、试太子司议郎摄监察御史、司勋员外郎。早期诗多写闺情,流于纤艳。后历边塞,诗风变为雄浑奔放。其《黄鹤楼》诗意境高远,相传为李白所倾服。

王翰(?—?),唐诗人。字子羽,晋阳(今山西太原西南)人。景龙进士。开元中任秘书正字、通事舍人等职,后贬官仙州别驾、道州司马。任侠使酒,恃才不羁。其诗善写边塞生活,《凉州词》尤为有名。

高适(约700—765),唐诗人。字达夫,渤海蓨(今河北景县)人。名将高偘之孙。早年潦倒失意,曾往来东北边陲。天宝中举有道科,授封丘尉。后辞官客游河西,为哥舒翰书记。安史之乱起,奔赴行在,历任淮南、西川节度使,封渤海县侯,终散骑常侍。世称高常侍或高渤海。熟悉军事生活。所作边塞诗,对边地形势和士兵疾苦均有反映,《燕歌行》为其代表作。和岑参齐名,并称"高岑",风格也大略相近。

刘长卿(?—约789),唐诗人。字文房,宣城(今属安徽)人,一作河间(今属河北)人。天宝进士。曾任长洲县尉,因事下狱,贬南巴尉。起为淮西鄂岳转运留后,复被诬贬睦州司马。官至随州刺史。诗多写仕途失意之感,也有反映离乱之作,善于描绘自然景物。风格简淡。长于五言,称为"五言长城"。

杜甫(712—770),唐诗人。字子美,尝自称少陵野老。祖籍襄阳(今属湖北),迁居巩县(今河南巩义西南)。杜审言之孙。自幼好学,知识渊博,颇有政治抱负。开元后期,举进士不第,漫游各地。后寓居长安(今陕西西安)将近十年,生活艰困,对社会状况有较深的认识。靠献赋始得官。安禄山叛军陷长安,后逃至凤翔,谒见肃宗,官左拾遗。长安收复后,随肃宗还京,寻出为华州司功参军。不久弃官往秦州、同谷。又移家成都,筑草堂于浣花溪上,世称浣花草堂。一度在剑南节度使严武幕中任参谋,武表为检校工部员外郎,故世称杜工部。晚年携家出蜀,病死湘江途中。其诗中的许多优秀作品显示出唐代由开元、天宝盛世转向动荡衰微的历史过程,被称为"诗史"。在艺术上,善于运用各种诗歌形式,尤长于律诗,风格多样,而以沉郁为主;语言精练,具有高度的表达能力。继承和发展《诗经》以来注重反映社会现实的文学传统,成为中国古代诗歌艺术发展的又一高峰。与李白齐名,世称"李杜"。宋以后被尊为"诗圣",对历代诗歌创作产生巨大影响。《兵车行》《自京赴奉先县咏怀五百字》《春望》《羌村》《北征》《三吏》《三别》《茅屋为秋风所破歌》《秋兴八首》等诗,皆为人传诵。

岑参(约715—770),唐诗人。江陵(今湖北荆州市荆州区)人。天宝进士。曾随高仙芝到安西、武威,后又入封常清北庭幕府。安史之乱后入朝任右补阙,官至嘉州刺史,卒于成都。世称岑嘉州。其诗与高适齐名,并称"高岑"。长于七言歌行。由于从军西域多年,对边塞生活有深刻体验,善于描绘异域风光和战争景象。其诗气势豪迈,情辞慷慨,色调雄奇瑰丽。

张继(? —?),唐诗人。字懿孙,襄州(今湖北襄阳)人。天宝进士。大历中以检校祠部员外郎分掌财赋于洪州。诗多登临纪行之作,风格清远,不事雕琢,《枫桥夜泊》(另题《夜宿松江》)最有名。

韩翃(?—?),唐诗人。字君平,南阳(今属河南)人。天宝进士,后数入节度幕府中任职,官至中书舍人。约卒于建中、贞元之际。为"大历十才子"之一。其诗多酬赠送别之作,《寒食》诗较有名。

韦应物(约737—791),唐诗人。字义博,京兆万年(今陕西西安)人。少以三卫郎事玄宗。后为滁州、江州刺史及左司郎中,官至苏州刺史,世称韦江州、韦左司或韦苏州。其诗以写田园风物著名,寄情悠远,语言简淡。涉及时政和民生疾苦之作,亦颇有佳篇。后世以其与柳宗元并称为"韦柳"。

卢纶(约742—约799),唐诗人。字允言,河中蒲(今山西永济西南)人。大历中由王缙荐为集贤学士、秘书省校书郎。后任河中浑瑊元帅府判官,官至检校户部郎中。为"大历十才子"之一。诗多送别酬答之作,也有反映军士生活者,《和张仆射塞下曲》较有名。

李益(746—829),唐诗人。字君虞,郑州(今属河南)人。大历进士。初因仕途不顺,弃官客游燕赵间。后官至礼部尚书。其诗音律和美,为当时乐工所传唱。长于七绝,以写边塞诗知名,情调感伤,《夜上受降城闻笛》《塞下曲》等为世传诵。

孟郊(751—814),唐诗人。字东野,湖州武康(今浙江德清)人。早年隐居嵩山。近五十岁中进士,任溧阳县尉。与韩愈交谊颇深。其诗感伤遭遇,多寒苦之音。用字造句力避平庸浅率,追求瘦硬。与韩愈齐名,并称"韩孟"。又与贾岛齐名,有"郊寒岛瘦"之称。

常建(?—?),唐诗人。开元进士,与王昌龄同榜。曾任盱眙尉。天宝间卒。一说大历时尚在世,实误。其诗多为五言,常以山林、寺观为题材,兴旨幽远。《题破山寺后禅院》一首,为世传诵。也善作边塞诗。

韩愈(768—824),唐文学家、哲学家。字退之,河南河阳(今河南孟州南)人。自谓郡望昌黎,世称韩昌黎。贞元进士。曾任监察御史、国子博士、刑部侍郎等职。因谏阻宪宗迎佛骨,贬为潮州刺史。官至吏部侍郎。卒谥文,世称韩文公。与柳宗元同为古文运动的倡导者,并称

"韩柳",被列为唐宋八大家之首。其诗风奇崛雄伟,力求新警,有时流于险怪。又善为铺陈,好发议论,后世有"以文为诗"之评,对宋诗影响颇大。诗与孟郊齐名,并称"韩孟"。

刘禹锡(772—842),唐文学家、哲学家。字梦得,洛阳(今属河南)人,自言系出中山(治今河北定州)。贞元进士,又登博学宏词科。授监察御史,参加永贞革新,反对宦官跋扈和藩镇割据。失败后,贬朗州司马,迁连州刺史。后以裴度力荐,任太子宾客,加检校礼部尚书。世称刘宾客。和柳宗元交谊深厚,人称"刘柳",晚年与白居易唱和甚多,并称"刘白"。其诗雅健清新,善用比兴寄托手法。《竹枝词》《杨柳枝词》和《插田歌》等组诗,富有民歌特色,为唐诗中别开生面之作。《金陵五题》《西塞怀古》等咏史伤今,亦颇负时名。

白居易(772—846),唐诗人。字乐天,晚年号香山居士。其先太原(今山西太原西南)人,后迁居下邽(今陕西渭南北)。贞元进士,授秘书省校书郎。元和年间任左拾遗及左赞善大夫。后因上表请求严缉刺死宰相武元衡的凶手，得罪贬为江州司马。长庆间任杭州刺史，宝历初任苏州刺史，后官至刑部尚书。在文学上积极倡导新乐府运动，主张"文章合为时而著，歌诗合为事而作"，强调继承《诗经》"风雅比兴"的传统和杜甫的创作精神，反对"嘲风雪，弄花草"而别无寄托的作品。早期所作讽喻诗，如《秦中吟》《新乐府》中的不少篇章，尖锐地揭发了时政弊端和社会矛盾，于民生困苦也多有反映。自遭受贬谪后，远离政治纷争，晚年尤甚，诗文多怡情悦性、流连光景之作。其诗语言通俗，相传老妪也能听懂。除讽喻诗外，长篇叙事诗《长恨歌》《琵琶行》也很有名。和元稹友谊甚笃，与之齐名，世称"元白"。晚年与刘禹锡唱和甚多，人称"刘白"。

李绅（772—846），唐诗人。字公垂，无锡（今属江苏）人。元和进士，曾因触怒权贵下狱。武宗时拜相，出为淮南节度使。卒谥文肃。与元稹、白居易交游颇密，并共同倡导写作新乐府。诗作中《悯农》二首，较为有名。

柳宗元（773—819），唐文学家、哲学家。字子厚，河东解县（今山西运城西南）人，世称柳河东。贞元进士，授校书郎,调蓝田尉,升监察御史里行。与刘禹锡等参加主张革新的王叔文集团,任礼部员外郎。失败后贬为永州司马。后迁柳州刺史,故又称柳柳州。与韩愈倡导古文运动,并称"韩柳",同列"唐宋八大家"。诗风格清峭,与韦应物并称"韦柳"。

元稹(779—831),唐诗人。字微之,河南(府治今河南洛阳)人,居京兆万年(今陕西西安)。早年家贫。举贞元九年(793年)明经科、十九年书判拔萃科。曾任监察御史。因得罪宦官及权臣,遭到贬斥。后转而因缘宦官,官至同中书门下平章事。以暴疾卒于武昌军节度使任所。与白居易友善,常相唱和,世称"元白"。早期的文学观点也相近,为新乐府运动的主要作者之一。所作乐府,对当时的社会矛盾有所揭露。

贾岛(779—843),唐诗人。字浪仙,一作阆仙,范阳(治今河北涿州)人。初落拓为僧,名无本,后还俗,屡举进士不第。曾任长江主簿,世称贾长江。官终普州司仓参军。其诗喜写荒凉枯寂之境,颇多寒苦之辞。以五律见长,注重词句锤炼,刻苦求工,"推敲"的典故即由其斟酌诗句"僧推月下门"或"僧敲月下门"而来。其诗在晚唐、宋初和南宋中叶颇有影响。与孟郊齐名,有"郊寒岛瘦"之目。

李贺(790—816),唐诗人。字长吉,福昌(今河南宜阳西)人。唐皇室远支,家世早已没落,仕途偃蹇,仅曾官奉礼郎。因避家讳,不应进士科考试,韩愈曾为之作《讳辩》。和沈亚之友善。其诗长于乐府,多表现人生不得意的悲愤,对宦官专权、藩镇割据的现实,也有所揭露、讽刺。又因其多病早衰,生活困顿,于世事沧桑、生死荣枯,感触尤多。善于熔铸辞采,驰骋想象,运用神话传说,创造出新奇瑰丽的诗境,在诗史上独树一帜,严羽《沧浪诗话》称为"李长吉体"。有些作品情调阴郁低沉,语言过于雕琢。

杜牧(803—853),唐文学家。字牧之,京兆万年(今陕西西安)人。杜佑孙。大和进士,曾为江西、宣歙观察使沈传师和淮南节度使牛僧孺的幕僚,历任监察御史,黄、池、睦诸州刺史,后入为司勋员外郎,官终中书舍人。以济世之才自负,诗文多指陈讽谕时政。小诗写景抒情,多清俊生动。也有一些诗写他早年的纵酒狎妓生活。其诗在晚唐成就颇高,后人称杜甫为"老杜",称杜牧为"小杜"。又与李商隐并称"小李杜"。

温庭筠(约801—866),唐诗人、词人。原名岐,字飞卿,太原(今山西太原西南)人,寄家江东。每入试,押官韵,八叉手而成八韵,时号温八叉。仕途不得意,官止国子助教。其诗词藻华丽,多写个人遭际,于时政亦有所反映。词多写闺情,风格秾艳。现存词六十余首,在唐词人中数量最多,大都收入《花间集》。其诗与李商隐齐名,称"温李"。词有"花间鼻祖"之称,与韦庄并称"温韦"。

李商隐(813—858),唐诗人。字义山,号玉谿生,怀州河内(今河南沁阳)人。开成进士,曾任县尉、秘书郎和东川节度使判官等职。因受牛李党争影响,遭排挤而潦倒终身。其诗对当时藩镇割据、宦官擅权和时政弊端多有所反映,所作咏史诗多托古以斥时政。"无题"诗脍炙人口,至其实际含义,诸家所释不一。擅长律、绝,富于文采,构思精密,情致婉曲,具有独特风格。然因用典太多,或致诗旨隐晦。与杜牧并称"小李杜",又与温庭筠并称"温李"。

附录二：唐事记

618 年　唐高祖李渊称帝，建立唐朝。
626 年　玄武门之变，唐太宗李世民即位，开启"贞观之治"。
668 年　王勃戏为《檄英王鸡》，被逐；游巴蜀。
683 年　唐高宗李治驾崩，唐中宗李显即位，皇后武则天临朝。
684 年　李显被废为庐陵王，唐睿宗李旦即位。骆宾王从徐敬业讨武后，败死。
690 年　武则天称帝，改国号为周。
696 年　陈子昂随建安王武攸宜出征，平定契丹叛乱。
705 年　唐中宗复位。武则天病逝。
710 年　唐中宗驾崩，李旦之子李隆基拥立李旦为帝。
712 年　唐睿宗退位为太上皇，唐玄宗李隆基即位，开启"开元盛世"。

742年 ○ 李白受玉真公主和贺知章推荐，为翰林供奉，陪侍唐玄宗左右。

747年 ○ 高仙芝平定小勃律，威震西域，迁安西四镇节度使。

753年 ○ 封常清迫降大勃律。

754年 ○ 封常清权知北庭都护，持节充伊西节度等使。

755年 ○ 节度使安禄山借口讨伐杨国忠起兵反唐，安史之乱爆发。唐玄宗命哥舒翰守卫潼关。

756年 ○ 马嵬驿兵变，杨贵妃被赐死。唐肃宗李亨在灵武（今宁夏灵武西南）自行宣布即位。李隆基之子李璘起兵反叛。

757年 ○ 郭子仪等收复长安、洛阳。安庆绪兵败后杀害哥舒翰。

758年 ○ 李白流放夜郎。

762年 ○ 李白病卒于当涂。

763年 ○ 安史之乱结束。

770年 ○ 杜甫卒于湘江舟中。

782年 ○ 淮西节度使李希烈叛唐自立为帝，开启淮西之乱。

783年	泾原兵变(建中之乱),士卒攻陷长安,唐德宗李适西逃奉天(今陕西乾县)。此事件后唐朝皇帝又开始重用宦官。
805年	永贞革新(王叔文改革),官僚士大夫支持唐顺宗李诵打击宦官势力、革除弊政,一百多天后失败告终。
807年	浙西观察使李锜谋逆,李绅劝阻遭囚。
810年	元稹得罪宦官仇士良等人,被贬为江陵府士曹参军。
815年	宰相武元衡以主张讨伐淮西,被平卢节度使李师道遣刺客刺死。白居易上表严缉凶手,被贬为江州司马。
817年	裴度、李愬平定淮西之乱,唐王朝重归统一。
819年	唐宪宗李纯派遣宦官使至凤翔迎接佛骨,刑部侍郎韩愈上书《谏迎佛骨》诤谏,险丧命,被贬为潮州刺史。
821年	李宗闵因其婿以关节进士及第被贬出朝,翰林学士李德裕证成此事,从此各分朋党,互相倾轧,开始了牛李党争。

824年 ○ 韩愈病逝。

829年 ○ 李商隐移家洛阳,被"牛党"令狐楚赏识。

835年 ○ 甘露之变计败,宦官仇士良等挟持唐文宗李昂回宫,株连者千余人,朝列为之一空。

838年 ○ 李商隐入被视为"李党"的泾原节度使王茂元幕,并娶其女。

846年 ○ 白居易在洛阳去世。

858年 ○ 李商隐在郑州病故。

874年 ○ 私盐贩王仙芝起义。

875年 ○ 盐帮首领黄巢起义响应王仙芝。

877年 ○ 朱温参加黄巢起义军。

880年 ○ 黄巢进长安,建立大齐政权。

882年 ○ 朱温降唐。

907年 ○ 朱温废黜唐哀帝李柷,建立后梁。唐朝亡,五代时期开始。

附录三：名词简释

乐府 诗体名。本指乐府官署所采集、创作的乐歌，也用以称魏晋至唐代可以入乐的诗歌和后人效仿乐府古题的作品。宋元以后的词、散曲和剧曲，因配合音乐，有时也称乐府。

歌行 古代诗歌的一体。汉魏以下的乐府诗，题名为"歌"和"行"的颇多，二者虽名称不同，其实并无严格的区别。后遂有"歌行"一体。其形式较自由，采用五言、七言、杂言的古体，富于变化。大抵模拟乐府诗风格，语言流畅，文辞铺展。其中多有叙事之作。如白居易《长恨歌》《琵琶行》。"行"是乐曲的意思。

赋得 凡摘取古人成句为题之诗,题首多冠以"赋得"二字。但也有分题赋诗而以"赋得"为题者。科举时代之试贴诗,因诗题多取成句,故题前均冠以"赋得"二字。同样也应用于应制之作及诗人集会分题。后遂将"赋得"视为一种诗体,即景赋诗者亦往往袭用以名诗。

古体诗 亦称"古诗""古风"。诗体名,为近体诗形成以前,除楚辞体外各种诗体的通称。每篇句数不拘。有四言、五言、六言、七言、杂言诸体。后世使用五、七言者较多。不求对仗,平仄和用韵也较自由。

四言诗 诗体名。全篇每句四字或以四字句为主。是中国古代诗歌中最早形成的诗体。春秋以前的诗歌,如《诗经》,大都为四言。汉代以后,格调稍变。自南朝宋齐以后,作者渐少。

五言诗 诗体名。由五字句所构成的诗篇。起于汉代。魏晋以后,历南北朝隋唐,大为发展,称为古典诗歌主要形式之一,有五言古诗、五言律诗、五言绝句。

六言诗 诗体名。全篇每句六字。相传始于西汉谷永,一说东方朔已有"六言"。其诗均不传。今所见以汉末孔融的六言诗为最早。唐以后有古体近体之分,但均不甚流行。

七言诗 诗体名。全篇每句七字或以七字为主,当起于汉代民间歌谣。旧说始于《柏梁台诗》,恐不可信。两汉文人作七言诗而见于记载者颇多,多每句押韵,存者不多。魏曹丕《燕歌行》,为现存较早的纯粹七言诗。至唐代大为发展。有七言古诗、七言律诗、七言绝句。与五言诗同为汉语古典诗歌的主要形式。

杂言诗 诗体名。古诗体的一种，最初出于乐府。诗中句子字数多少不等，无一定标准，最短仅有一字，最长可有九、十字以上，以三、四、五、七字相间杂者为多。句式变化与用韵均很自由。

近体诗 亦称"今体诗"。诗体名。唐代形成的律诗和绝诗的通称，同古体诗相对而言。句数、字数和平仄、用韵等都有严格规定。排律则不限句数。

律诗 诗体名。近体诗的一种。格律严密，故名。起源于南北朝，成熟于唐初。八句，四韵或五韵。中间两联必须对仗。第二、四、六、八句押韵，首句可押可不押，通常押平声。不得换韵。每句各字及句与句、联与联之间平仄必须遵循一定的规则。通常分为五言、七言两体，简称"五律""七律"。亦偶有六律。其有每首十句以上者，则为排律。律诗中，凡两句相配，称为一"联"。五律、七律的第一联（一、二句）称"首联"，第二联（三、四句）称"颔联"，第三联

(五、六句)称"颈联",第四联(七、八句)称"尾联"。每联的上句称"出句",下句称"对句"。

格律诗 诗歌的一种。形式有一定规格,音韵有一定规律,倘有变化,需按一定规则。中国古典格律诗中常见的形式有五言、七言的绝句和律诗。词、曲每调的字数、句式、押韵都有一定的规格,也可称为格律诗。

绝句 亦称"绝诗""截句""断句"。诗体名。截、断、绝均有短截义,因定格仅为四句,故名。一说六朝人联句,一人作四句,如取出单行,即为绝句。以五言、七言为主,简称五绝、七绝。也有六言绝句。唐以后通行者为近体,平仄和押韵都有一定之规。有人说绝诗是截取律诗的一半而成。但在唐代律诗形成以前,已有绝句,虽亦押韵而平仄较自由,如《玉台新咏》即载有《古绝句》。后人即用"古绝句"以别于近体绝句。

押韵 亦作"压韵"。作韵文时于句末或联末用韵之称。诗歌押韵，不仅便于吟诵和记忆，更能使作品具有节奏、声调之美。旧时押韵，例须韵部相同或相通，但也有少数变格。

平仄 声律专名。古代汉语声调分平、上、去、入四声。平指四声中的平声（今包括阴平、阳平二声）；仄指四声中的仄声，包括上、去、入三声。旧诗赋及骈文所用的字音，平声与仄声相互调节，使声调谐协，谓之"调平仄"。

对偶 辞格之一。用字数相等、句法类同的两个语句成双作对地表现相反、相对或相关的意思。可分正对、反对、流水对、扇面对等类。上下两句所述事件不同而所表达的意思相近相关，为正对。上下两句所指事理相反相对而意趣相合相应，为反对。上下两句意义连贯相承，常具有因果、递进、假设等关系，为流水对。由相隔的两句构成对偶，即第一、三两句成对和第二、四两句成对,为扇面对,如"昔年共照松溪影,松折碑荒僧已无。今日还思锦城事,雪消花谢梦何如"。利用多义字或同音字来构成对偶,为借对,如"厨人具鸡黍,稚子摘杨梅","杨"借为"羊",与"鸡"对偶。

对仗 诗律术语。写律诗、骈文时按照字音的平仄和字义的虚实做成对偶的语句。可以两句相对,也可以句中自对。对仗一般用同类句型和词性。作为格律要求,律诗中间两联须对仗,首尾两联不用对仗。但也有变例,或颈联不对仗,或尾联用对仗;首联对仗的较少见。绝句不用对仗,但时有作偶句者。

流水对 诗律术语。指一联中相对的两句关系不是对立的,且单句意思不完整,合起来才构成一个意思,似水顺流而下,故称。如白居易《赋得古原草送别》:"野火烧不尽,春风吹又生。"